五右衛門ロック

K.Nakashima Selection Vol.14

中島かずき

論創社

五右衛門ロック

装幀　鳥井和昌

目次

五右衛門ロック

◉登場人物

【倭国の人々】
石川五右衛門
真砂のお竜
岩倉左門字
モグラの壱助
発破の炎六
前田玄以
豊臣秀吉

【タタラ国の人々】
国王クガイ
ガモー将軍
坑兵隊長インガ
宮廷兵ロック
部隊長ガナル
坑兵ザン
坑兵ダルー
乳母バーヤ
バナナを食う子供

【バラバ国の人々】
カルマ王子
ボノー将軍
シュザク夫人
兵隊長ズゴン
砲兵ドン

【イスパニア国商人】
ペドロ・モッカ
アビラ・リマーニャ

【ホッタル族】
ラウ
ウレ
ロコ

三条川原の母子
左門字の部下達
玄以の部下達
五右衛門の手下達
タタラ国の兵士達
バラバ国の兵士達
ホッタル族の人々

―第一幕―

この首値千金たあ
小せえ小せえ

【序之景】

人の世にあだ桜咲き誇る桃山の世。

栄華を極める秀吉の寝所に忍び込んだ男が一人。

その名を石川五右衛門。

伏見城本丸。秀吉の寝所。

寝ている秀吉に刀を向けるが、振り下ろすのに躊躇。剣をしまうと秀吉の頭を掴み髪を引き抜く。

秀吉　うあ！（痛さで起き、五右衛門に気づく）
五右衛門　秀吉、てめえの髪の毛三本いただいた。これでてめえは、ただの猿だ。
秀吉　な、なんだ、貴様。
五右衛門　俺か、俺は豊臣秀吉。
秀吉　ふざけるな、それは儂の名前だ。
五右衛門　いーや、天下の大泥棒の名前だ。
秀吉　なんだと。

五右衛門　主君の織田家を滅亡させて、天下を盗んだ大泥棒じゃねえか。その名前、髪の毛ついでにいただいとくぜ。あばよ。

と、秀吉の寝所をあとにして、中庭へ。そこを取り囲む京都所司代配下、盗賊目付岩倉左門字と捕り手達。

左門字　待て、五右衛門。
五右衛門　左門字の旦那か。
左門字　太閤殿下の寝所に忍び込むとは、思い上がったものだ。が、いつまでも貴様の好きにはさせん。
五右衛門　なぜ、俺が来るのが分かった。
左門字　何年、貴様を追っていると思っている。お前の考えていることは、この岩倉左門字にはお見通しなのだ。
五右衛門　じゃあ、今、何考えてるか分かるか。
左門字　え。
五右衛門　てめえには絶対捕まえられねえって考えてんだよ。
左門字　そうはいくか。今日という今日はにがさん。

と、取り囲む捕り手たち。だが、それを打ち払う五右衛門。

五右衛門　だから、逃げられるって言ってるだろう。
左門字　そうこなくてはいかん。やっぱり、俺と貴様は一対一で決着をつけないとな。

剣を抜く左門字。
が、そこに現れる京都所司代、前田玄以。

玄以　下がっていろ、岩倉。
左門字　前田様。
玄以　京都所司代、前田玄以である。凶賊石川五右衛門。太閤殿下の寝所に忍び込むとは、不埒千万。引っ捕らえてやるからそう思え。
五右衛門　誰が来ようと知った事じゃねえ。
玄以　おい。

と、彼の指図により、部下が女と子供を連れてくる。貧しい身なりの親子だ。

玄以　動くな、動くとこの親子の命はないぞ。
母子　ひ、ひいい。
五右衛門　バカか、お前は。そんな親子、見たこともねえ。

玄以　ふっふっふ。当然だ。儂もこやつらが誰だか知らん。
左門字　え？
玄以　こんな奴ら見たこともないわ。
左門字　前田様、いったい何を。
玄以　この女と子供は、三条川原にうろうろしていたただの乞食だ。五右衛門、貴様が動けば、こやつらを叩き斬る。
母子　ひ、ひいいいい。
五右衛門　なんだと。
玄以　それだけではない。お前が逃げれば、毎日10人ずつ、三条川原の乞食を殺す。
左門字　そ、それは無茶苦茶です。
玄以　無茶苦茶なのだよ、太閤様は無茶苦茶怒っておられるのだ。その怒りを鎮めるには、奴を捕まえるしかないのだ。
五右衛門　そのためにならどんな手を使ってもか。
玄以　ああ、そうだ。盗賊風情が調子に乗るからこういう事になる。（母子に）恨むなら、あの男を恨めよ。やれ。

玄以の部下が刀をふり上げる。

左門字　（それを止め）待て。それはあんまりだ。

玄以　岩倉、儂のやり方に異を唱えるは太閤秀吉様に異を唱えると同じだぞ。
左門字　く。
五右衛門　ふん、あこぎな手を使いやがる。

躊躇していた五右衛門だが、覚悟を決める。
五右衛門、黙って刀を棄てるとその場にあぐらを掻く。

玄以　それでいい。

手下、五右衛門を捕まえ縄をかける。
母子は、連れ去る。

玄以　者共、釜ゆでの準備だ。

部下達、大釜をもってくる。
時間と場所は一気に飛び三条川原、五右衛門釜ゆでの刑が今執行されようとしている。
竹垣の向こうに集まる見物客達。
五右衛門、煮えたぎる釜に入れられようとする。

玄以　浮かぬ顔だな、岩倉。
左門字　石川五右衛門は、私が追い続けていた悪党。それが、あまりにもあっけなく……。
玄以　悪党とはそういうものよ。
五右衛門　確かにな。天下を盗もうとした信長も最後はあっけなかった。伏見城の猿だって同じようなもんかもな。みんな天下を揺るがす盗っ人だ。
玄以　貴様、何を言う。
五右衛門　石川や、濱《はま》の真砂は尽きるとも、世に盗人の種は尽きまじだ。あばよ。

釜の中に飛び込む五右衛門。
その瞬間、爆発。
光に一瞬全員の目が眩む。

――暗転――

【第一景】

と、現れる多くの人々。
道々の輩、芸能民の姿をしている。
その中心にいるのは、美しい女。
名を真砂《まさご》のお竜《りゅう》。

お竜　天下の大泥棒、石川五右衛門の葬式だ。湿っぽいのは似合わない。みんな、派手にやっとくれ。

石川五右衛門の葬式が、歌や踊りで賑やかに行われている。
御輿のように棺桶を担いでいる男達。
五右衛門のこれまでの盗みの鮮やかさや、男っぷりを歌にして歌い踊る人々。
ひとしきり、歌い踊ると、そこに現れる役人達。率いるは岩倉左門字。

役人　やめろやめろ、石川五右衛門は大罪人だ。こんな騒ぎをしていいと思っているのか。

お竜　いやですねえ、お役人様。天下の大悪党だから、奴がお仕置きされたことを喜んで、こうやって祝っているんですよ。

左門字　なるほどな。では、その棺桶はなんだ。五右衛門の死体は、すでに三条川原にうち捨てられたぞ。

お竜　あれ、そうでしたっけ。

左門字　あやしいな、中味を改めさせてもらおう。

と、お竜たちが止めるまもなく左門字が、棺桶の蓋をあける。

一同、あっという雰囲気。

左門字、中から引きずり出す黒こげの死体。

左門字　…これは。

お竜　お役人様がおっしゃってたじゃないですか、死骸は三条川原にうち捨てたって。拾ってきちゃまずかったですか。天下の大泥棒も、こうなっちゃおしまいですね。

左門字　……。

黙って死体を戻し、蓋を閉める。

一同、なまんだーなまんだーと手を合わせる。

と、左門字、刀を抜いて棺桶に突き立てる。

お竜、黙って見ている。
左門字も様子を見ている。だが、何も起こらない。
左門字あきらめたように刀を棺桶から抜くと、片手で仏を拝む。

左門字　死者を冒涜したな、すまん。

立ち去ろうとする左門字。

お竜　お役人様。…五右衛門は死んだんです。あんまりこだわらない方がいい。

左門字、何も言わず立ち去る。

役人　あ、お待ち下さい。岩倉様。

後に続く役人達。

お竜　ほうら、運んでおくれよ、みんな。

と、棺桶を建物に運び込む。

その建物の中。
棺桶を心配そうに見る人々。
お竜、あわてて棺桶の蓋を取る。
黒こげの死体を抱いた五右衛門がヌッと顔を出す。

五右衛門 うわー、びっくりしたー。
お竜 大丈夫だったかい、五右衛門。
五右衛門 いきなり、グサだぞ。目の前に刀だよ。あやうく棺桶の中でお陀仏だよ。うわー、洒落になんねー。

と、抱えていた死骸を投げ捨てる。
一同、安堵の声。彼らは五右衛門の手下だった。

手下達 親分〜。
お竜 よかった。せっかく助け出したのに、とどめ刺されたかと思ったよ。
五右衛門 岩倉左門字、しつけえ野郎だぜ、まったく。でもまあ、これで厄介者とはおさらばだ。

と、手下の中にいるモグラの壱助と発破の灸六に声をかける五右衛門。

五右衛門　おう、壱助、灸六。助かったぞ。
壱助　へい。なんとかうまくいきやした。
お竜　モグラの壱助に発破の灸六の二つ名は伊達じゃないね。壱助が釜の下まで穴掘って、底に穴開けてお湯にがして、そこを灸六が目眩ましの花火使って親分を逃がす。さすがは五右衛門党、並みの腕じゃない。
灸六　へへ。真砂の姐御にそこまで言われるとは、こりゃありがてえや。
壱助　とにかく五右衛門の親分が無事で何より。
五右衛門　ああ、おめえらの働きは忘れねえ。この五右衛門恩に着る。助かった。ありがとよ。

頭を下げる五右衛門に照れる一同。

五右衛門　でだ、頭下げついでにもう一つ、おめえらにいいたいことがある。五右衛門党は解散だ。

驚く一同。

五右衛門　俺は盗っ人稼業から足を洗う。お前らも勝手に生きろ。
壱助　そんな。
灸六　なんでですか。

他の子分達も口々に「そんな」「親分」「なんで」等という。

お竜　冗談でしょ、五右衛門。

五右衛門　いやいや。（と、否定）

お竜　どうしたんだい、火薬の衝撃で頭の目釘がはずれちまったかい。

五右衛門　そうかなあ、そうかもなあ。

ぬらくらと答える五右衛門に、思うところあるのか、お竜、みんなに目配せ。とりあえず二人きりにしろという仕草。

手下達それを察し、いったん立ち去る。

二人きりになるお竜と五右衛門。

お竜　…邪魔者は追い払ったよ。

五右衛門　邪魔者？

お竜　そうだよ、今、ここにはあんたとあたし、二人っきり。腹を割って話せるってもんさ。

五右衛門　腹よりも、裾を割ったほうが嬉しいね。

お竜　あら、せっかちだねえ。（と、あぐらをかいた五右衛門の上にまたがり）ねえ、五右衛門。ひとつ頼みがあるんだけどねえ。

五右衛門　いいよ、何でも聞くよ。盗み以外ならな。

お竜　冗談ばっかり。

五右衛門　冗談じゃねえよ。

　　いったん立ち上がるお竜。

お竜　どうしたってんだい。俺こそは天下の大泥棒。天下人とか言っていい気になっている猿野郎の鼻をあかせるのは、俺一人だって息巻いてたじゃないか。

五右衛門　ああ。でもなあ、なんか馬鹿馬鹿しくなっちまった。

お竜　なにが？

五右衛門　いくら太閤とか何とか言ってもな、目の前にいるのはやせ細った小柄で貧相なじじいだよ。その気になれば、首をひねるだけで命もいただける。なんか、こんな奴相手にケンカ売ってたのかと思ったら、自分が情けなくなっちまってなあ。

お竜　五右衛門さん、しっかりしとくれよ。あんたから盗み取ったら何が残るんだい。

五右衛門　…素敵な笑顔？（ニッコリ笑う）

お竜　（ニッコリ笑い返すと、スタスタと近づき五右衛門を殴り倒す）勝手言ってんじゃないよ。あんた救うのにいくら使ったと思ってるの。その金返してもらうまでは、キッチリ働いてもらうからね。

五右衛門　やっと、本音を吐いたじゃねえか。真砂のお竜ともあろう女が、単純に人助けするわけがねえ。でもな、だったら、てめえの裏で糸引いてる奴の素顔も見せてもらおうか。

お竜　裏で？

五右衛門　ああ、そうだ。さっきから物陰で自分達の出番はまだかと様子を伺っている、妙な気配の野郎共のことだよ。

と、五右衛門の言葉をキッカケにして、飛び出してくる南蛮人二人。
イスパニア人貿易商、モッカ＝リマーニャ商会のペドロ・モッカとアビラ・リマーニャの二人である。ペドロの方が先輩になる。
二人、海を渡って日本に来た。富と名誉と冒険を求めて。美しいお宝を求めてというような自分達の思いの丈の歌を歌う。

ペドロ　いやあ、私達の存在に気づくとはさすがはセニョール五右衛門。ペドロ・モッカです。

アビラ　アビラ・リマーニャ。よろしくアミーゴ。

お竜　お二人はイスパニアの貿易商よ。今回の五右衛門救出作戦の出資者。あなたの命の恩人てわけ。

五右衛門　うさんくさい気配はしてたがここまでうさんくさいとは…。

ペドロ　イヤッハッハッハ。歯に衣着せぬとはこのことですな。いや、結構結構、私も率直に申しましょう。あるお宝を奪っていただきたい。

アビラ　それがこれ。

と、革袋を出す。
その革袋を受け取るお竜と、中から拳ほどの宝玉を出す。美しく輝いている。

お竜　これが月生石《げっしょうせき》。月が生んだ神秘の石よ。
ペドロ　月生石？
五右衛門　素敵な輝きでしょう。この石1個でもイスパニアに持ち帰れば、大豪邸が建てられるほどの値段がつくのです。
アビラ　こんな石ころが？
五右衛門　ええ。我がイスパニア国王フェリペ2世も、イングランドのエリザベス女王もこの宝玉は大のお気に入り。
ペドロ　だから、あなたにお頼みしたい。この海の南の果て。タタラ島と呼ばれる島にだけ、この宝玉は眠っている。それを手に入れていただきたい。
五右衛門　…自分でやれば。
ペドロ・アビラ　えー。
五右衛門　そこまでわかってるんだったら、自分達で取りに行きゃいいじゃないか。
お竜　そうはいかないからあんたに頼んでるのよ。
ペドロ　タタラ島を支配しているのは、クガイという恐ろしい男。彼が率いる軍隊の前には、月生石目当てに乗り込んだイスパニア人もイングランド人も、あっという間に皆殺しの首チョンパ。

アビラ　この男を出し抜けるのは、他でもないあなたしかいないのですよ。
ペドロ　もとは伊賀の忍び。その中でも一番の腕を誇ったお方だと聞いております。天正伊賀の乱、信長軍の攻撃以来、忍びを捨て盗賊になったとか。その腕前をお借りしたい。
五右衛門　お竜、余計なことまでしゃべったな。
お竜　タタラ島への海図と船と乗組員、その他必要なものは全部、この二人が用意してくれるわ。しかももうけは山分け。どう、面白い話とは思わない？
五右衛門　……。
お竜　煮え切らないわねえ。こっちは手札を全部さらしたのよ。これ以上、さらすものがあるとしたら、あとはあたしの身体くらいね。
ペドロ　おお、それは是非。
アビラ　ご開帳願いマスです。
お竜　ほうら、あんたがもたもたしてると、あたしは、南蛮から来た野獣たちの餌食になっちゃうわよ。
五右衛門　お前さあ、言ってることが無茶苦茶だぞ。
お竜　秀吉相手がイヤになったんなら、もっと大きい奴相手にすればいいじゃない。イスパニアやイングランドを出しぬいて、海の向こうの南蛮にまで天下の大泥棒石川五右衛門の名前を轟かしてやる。あんたはそういう男じゃなかったのかい。
五右衛門　……。
お竜　わかったよ、あたしが買いかぶってた。ペドロさん、すまなかったね。この話、持ち込む先を間違ってた。

ペドロ　と、いいますと。

お竜　関東に今売り出し中の向坂《こうさか》甚内とか風魔小太郎とか、いきのいい連中がいるって聞くわ。石川五右衛門もお手上げのお宝を奪ってくれと言えば、たちまちその気になってくれる。いや、このあたしがその気にさせてみせる。じゃあね、五右衛門。

行こうとするお竜。

五右衛門　おい、ちょっと待て。

お竜　待つもんかい。

五右衛門　向坂とか風魔とか、あんな青二才に仕事頼んでうまく行くと思ってんのか。

お竜　今のあんたよりはましだろうよ。

五右衛門　あんな奴ら頼りにしてたら、お前の首も胴体から離れてお陀仏だぞ。

お竜　そんときゃ、あんたのとこまで飛んできて嚙みついてやるよ。

五右衛門　てめえならやりかねねえなあ。

お竜　やってやるよ。女は男と違って、言ったことは実行するんだ。

五右衛門　――わかったわかった。俺の負けだ。行ってやるよ。そのダラダラだかラッタッタだかって島によ。

お竜　ほんとかい。

五右衛門　関東の田舎者に遅れを取るわけにはいかねえ。そこのお二人、とっとと船を準備してもらいましょうか。あと、船乗りもね。

お竜　その必要はないわ。

五右衛門　え？

お竜　もう出てるのよ、海に。

と、外の景色が一気に広がる。

そこは船の中。

一度は去った子分達が集まっている。モグラの壱助と発破の灸六もいる。

子分達　親分‼

五右衛門　お竜、てめえ。

お竜　あんたが断るわけないと思ってたわよ、五右衛門さん。

五右衛門　まんまとのせられたってわけか。

お竜　あら、人聞きの悪い。

五右衛門　人聞きが悪いんじゃねえ。人が悪いんだろうが、てめえは。

お竜　そういう女が好きなんでしょう。

五右衛門　へん、まったく好き勝手言ってらあ。

その五右衛門の様子を伺っている子分達とペドロとアビラ。

五右衛門　心配するな、一度決めたことをひっくり返す五右衛門様じゃねえ。野郎共、帆を上げろ。

灸六　その言葉待ってましたぜ。親分が、盗っ人稼業から足を洗えるわけがねえ。

壱助　今度はどこに。

五右衛門　決まってらあ。このまま一気に南の海だ。

ペドロ　めざすはタタラ島。神秘の秘宝の眠る島。

お竜　月が生んだとか言う幻のお宝を手にいれてやろうじゃないか。

五右衛門一党、狭い日本は盗み飽きた。世界相手の大泥棒だというような大海原の盗賊野郎の歌を歌う。

と、モグラの壱助が叫ぶ。

壱助　船だ！　追ってくる船がいるぞ！

五右衛門　なに!?

五右衛門達の船を追って、岩倉左門字が船を駆って現れる。

左門字　見つけたぞ、五右衛門。やっぱり生きていたな。者共、乗り込め！

部下の捕り手とともに、五右衛門の船に乗り込む左門字。

五右衛門　しつこいねえ、左門字の旦那も。

左門字　ふん、俺から逃げ切れると思ったか。

五右衛門　よくわかったな。

左門字　そこの女のおかげだよ。

お竜　あたしが。

左門字　お前の葬式をしきるその女のことが気になってな。調べてみたら、真砂のお竜という女盗賊と目星がついた。「石川や浜の真砂は尽きるとも　世に盗人の種は尽きまじ」。お前、辞世の句に女への合図を詠み込んだだろう。それで、怪しいと思って、お前の子分達の同行を見晴らせておいたのだ。

五右衛門　ふん。まんざら馬鹿じゃねえか。

お竜　すまないね、ヘタ打っちまった。

五右衛門　大仕事前の厄落としだ。野郎共、木っ端役人どもをこの荒海に落としてしまえ。

左門字　ふん、盗賊共。一網打尽にしてくれるわ。

一触即発の五右衛門一党と、左門字達。

そこにおずおず割って入るペドロ。

ペドロ　あー、すみません。ごめんなさい。非常に申し訳ないんですが、みなさん、それどころじゃないと思います。
五右衛門　なんだよ。
ペドロ　あれをご覧下さい。真っ黒な雲がもの凄い早さでこっちに向かってきます。
アビラ　Una tormenta！
一同　？
ペドロ　つまり、嵐です。

と、言うのと同時に雷。
猛烈な暴風雨になる。

五右衛門　こ、こいつはでけえぞ。
お竜　五右衛門！
左門字　逃がすか、五右衛門！

船もきしむ大嵐。一同の悲鳴の中、船は闇に消える。

――暗転――

【第二景】

海岸。生えているのは南方の樹木。
倒れている五右衛門、気がつく。

五右衛門　…（起き上がり、あたりを見回す）お竜！　壱助！　あと外人！　外人のヘンな人達！

呼ぶが返事はない。

五右衛門　くそ、流れ着いたのは俺一人か。

と、物陰から現れる左門字。

左門字　なぜ、俺を呼んでくれない。
五右衛門　うわ、左門字。

逃げだそうと走り出す。が、腹に縄が結びつけられている。その反対側は左門字の腹に結わえ付けられている。左門字がグイと縄を引くと、引っ張られる五右衛門。

五右衛門　うお。
左門字　溺れ死んで欲しいという願望がお前の意識から俺を消し去っているのだな。だが、そうはいかんぞ。

言いながら縄をひっぱる左門字。

五右衛門　ほんとにしつけえ奴だな。（と、ほどこうとするが結び目がほどけない）
左門字　無駄だ無駄だ。それは岩倉家秘伝の頑固一徹結び。他の者にはほどけはしない。
五右衛門　ちっ。（刀を探す）
左門字　刀ならないぞ。お前も俺も丸腰だ。命が助かっただけましと思え。
五右衛門　他の連中は。
左門字　ひどい嵐だったからな。その辺見てきたが、他には誰も流れ着いてない。あいにくと生き残ったのはお前と俺だけのようだな。
五右衛門　だったらこんな縄結ばなくてもいいだろう。
左門字　そうはいくか。これもお前を捕まえろという天の導きだ。ここで取り逃がしたら、死んでいった連中に顔向けが出来るか。

五右衛門　まったくてめえ勝手な野郎だ。
左門字　でだ、五右衛門、ここはどこだ。
五右衛門　さあな。まあ、様子見たところ日本じゃねえようだな。

と、あたりの木々の様子を見て言う。

左門字　じゃ、日の本はどっちだ。
五右衛門　知らねえよ。
左門字　なんだ、そんなこともわからんのか。がっかりだ。
五右衛門　なにががっかりなんだよ。なんで人に聞くのにそんな偉そうなんだよ。
左門字　むう。（と、ちょっと反省の様子）
五右衛門　…さて、ねぐらでも探すか。
左門字　え。
五右衛門　ここで寝るわけにはいかんだろう。いくぞ。
左門字　俺は、ここにいる。
五右衛門　なんで。
左門字　……腹が減った。
五右衛門　はあ？
左門字　俺はもう腹がペコペコだ。動けん。

五右衛門　動けんって、さっきまで一人でウロウロしてたじゃないか。
左門字　空腹を耐え、歯を食いしばって、仲間を捜したのだ。だが、それも限界だ。
五右衛門　バカか、お前は。ちゃんと計画性をもって行動しろよ。
左門字　貴様にバカ呼ばわりされる筋合いはない。
五右衛門　お前が動かないと俺も動けねえだろう。

聞いてないそぶりの左門字。

五右衛門　聞けよ。いい大人なんだから。

と、そこに人影。原住民の子供。
にくたらしい顔をしているが、手にバナナの房。それをうまそうに食っている。

五右衛門　(それに気づき)おい、左門字。
左門字　ん？(子供に気づく)あ、いや、それはいかん、いかんぞ。いくら盗人の貴様でも、子供から物を奪うなどは言語道断。
五右衛門　盗むんじゃねえ。もらうんだ。

と、子供に近づく五右衛門。

五右衛門　（作り笑顔で）んー、坊や、幾つかな。
子供　……。（じっと五右衛門を見つめる）
五右衛門　こわくないよー。それ、おいしそうだねえ。おじさんたちにもくれないかなー。

子供、左門字に脅える。

五右衛門　（左門字に）おい。

しぶしぶ左門字も笑顔になる。

左門字　（いやいや）くれないかなー。

が、子供走って逃げる。

五右衛門　ばか、怖がらせたじゃねえか。
左門字　俺かよ。

入れ替わりに、武器を持った原住民が現れる。みんな殺気だっている。

五右衛門　わ！

彼らは兵隊である。隊長のガナルが攻撃を命じる。

ガナル　やれ。
左門字　見ろ、五右衛門。言わん事じゃない。
五右衛門　くそう、心の小さい奴らだぜ。

と、襲いかかる原住民達。

五右衛門　よせ、誤解だ。
左門字　落ち着け。まず話し合おう。

などと言いながら、必死で攻撃をかわす二人。だが、お互い別の方向に動こうとしてつんのめったりする。

五右衛門　左門字、（縄を指し）ほどけ。
左門字　え。

五右衛門　戦うにしろ逃げるにしろ、こんな縄がついてちゃ邪魔くさくていけねえ。
左門字　しかし。
五右衛門　まずは命を守る方が大事だろうが。
左門字　…わかった。

と、ほどきだす左門字。だが動きを止め、五右衛門をじっと見つめる。

五右衛門　…ほどき方忘れたか。
左門字　……。（黙ってうなずく）
五右衛門　このバカタレがよ！

襲い来る敵を二人の間の縄で足を引っかけたりしてなんとかしのぐ。
五右衛門、その時、敵が落とした蛮刀を拾うと、それで縄を斬る。

五右衛門　よし。
左門字　あ。仕方ない。（と、自分に結わえ付けていた縄もほどいて投げ捨てる）
五右衛門　ほどけたんじゃねえか。

左門字、隅に行き隠していた日本刀を引っ張り出す。

五右衛門　刀も隠してたのか。まったく食えねえ野郎だぜ。
左門字　五右衛門、生きて帰るぞ、日本に。そこで改めてお縄にしてやる。
五右衛門　前半賛成、後半反対。

と、敵を蹴散らす二人。

ガナル　おのれ。ひるむな、お前達。忘れたか、この島への侵入者を捕らえるのは、クガイ様のご意志。我らが王、直々のご命令だ。

兵士達、クガイの名を聞くと口々に「クガイ様の」「そうだ、クガイ様の命令だ」と、つぶやき目の色が変わる。

ガナル　忘れるな。我らの上にはいつもクガイ様がおられる。
五右衛門　…クガイだと。じゃあ、ここはタタラ島か。

何という奇縁。ここここそ五右衛門の目的地、タタラ島だったのだ。

ガナル　この島の名前を知っているぞ。ますます逃がすわけにはいかん。

五右衛門　目指す場所に流れ着いたってわけか。人間万事塞翁が馬とはこのことだ。
左門字　どういう事だ、五右衛門。
五右衛門　昔、中国に塞翁てじいさんが…。
左門字　ことわざの意味くらいは知っている。バカにするな。この島で何を狙ってる。
五右衛門　旦那のしったこっちゃねえよ。
ガナル　クガイ様の期待、裏切ればどうなるか、みんなわかっているな！

兵士達、恐怖に怯え、奮起する。兵達の動きが変わる。暴走とも言える戦い。
苦戦する五右衛門と左門字。

左門字　こいつら、人が変わったようだぞ。
五右衛門　というよりはやけっぱちか。

二人、数に押されて取り押さえられる。

五右衛門　ち。
左門字　おのれ。

縄をかけられる二人。

左門字　むむう。まさか貴様と同じ縄にかけられようとは。この岩倉左門字、一生の不覚だ。
五右衛門　何言ってやがる。さっきも似たようなもんだったじゃねえか。
左門字　あれは、俺が捕まえたんだ。全然意味が違う。
五右衛門　言ってろ。
ガナル　よし、引っ立てろ。

兵達、五右衛門を連れて行く。
森の奥に進む。

左門字　五右衛門、お前わざと負けたな。
五右衛門　え。
左門字　いつもならこの程度の相手に簡単に負けるお前じゃない。
五右衛門　へん。旦那にはお見通しか。地の利のねえこの島で、王様のもとに連れてってくれるんだ。自分で探すより早いや。
左門字　やっぱりな。だが、気をつけろよ。この国の王はよほど恐ろしい男のようだ。
五右衛門　ああ、そうだな。命令ひとつで、兵が震え上がって、本気以上の力を出してきやがった。
左門字　恐怖で民を縛っているのだろうな。
五右衛門　だとしたら、いけすかねえ野郎だ。

ガナル　黙って歩け。

森の奥に五右衛門達消える。

微かに音楽が聞こえてくる。

と、宮殿が現れる。

人々が歌い踊っている。王を讃える歌だ。

メインで歌っているのは宮廷兵のロック。

あわせて歌っている美しい女性。

セクシーな衣装をつけて、歌姫風に装っているがお竜である。

彼女を中心とする歌声に応えるように、一人の男が姿を見せる。胸に大きな宝玉。月生石の首飾りだ。

その振る舞い威厳に満ち、その風格他を圧する。タタラの国王、クガイである。

クガイが合図をすると音が一斉に止まる。

沈黙の中に立つクガイ。

クガイ　罪人を。

引きずり出される一人の兵士。処刑台に縛り付けられる。

クガイ　お前の罪を問おう。
兵士　ひっ…。（脅えて言えない）
クガイ　言えぬか。ならば、この男に代わり、かの罪を言える者はいるか。

控えていた側近のガモー将軍が一歩前に出る。

ガモー　は。その男は月生石を隠し持ち、このタタラ島を逃げ出し、スペイン国の兵に売り渡そうといたしました。その罪、万死に値します。
兵士　す、すみません、許して下さい！

泣きわめく兵士の口に、月生石をねじ込むクガイ。

クガイ　自分の罪も言えぬその口から、命乞いの言葉だけは吐くというのか。つくづく悲しい男だ。喜べ。貴様の罪は、私が償おう。この剣でな。

クガイ、剣を抜き、兵士の首をはねる。
その瞬間、人々の歓声。
お竜、みんなに気づかれぬように苦い顔。

クガイ　人は皆愚かだ。己の心の弱さ故、過ちをおかす。だから、お前達は迷うな。裁きは全てこの俺がする。罪は全てこのクガイがになう。お前達タタラの民は、ただ生きるがよい。

民達、一層の歓声。

そこにガナル達が五右衛門と左門字を引きずり出す。

ガナル　クガイ様、島への侵入者です。お裁きを。

と、驚くお竜。

お竜　五右衛門…。

クガイ　どうした。

お竜　いいえ、別に…。

と、あわてて顔を隠そうとするが時既に遅し。お竜を見つける五右衛門。

五右衛門　お竜、お竜じゃねえか！

お竜　（顔を隠しながら、小声で）ばか…。

左門字　あー、お前の連れの女か。助かったな、五右衛門。

お竜　…大馬鹿。
五右衛門　（コソコソと）左門字、静かにしろ。
左門字　ぬ。
五右衛門　さすがは真砂のお竜、もうこの国の王様をたらし込みやがった。あいつに何か考えがあるはずだ。前に俺を釜ゆでから助けたようにな。
左門字　お、あ、そうか。
ガモー　何をこそこそ喋っている。
五右衛門　いえ、何も。
ガモー　…どうやら倭人《わじん》のようですな。
クガイ　お前の同胞か、お竜。
お竜　え？　ああ、そうです、この男達です、奴隷商人は。
五右衛門　え？
お竜　この男達のせいで私はスペインに奴隷として売られようとしていたのです。船が難破し流れ着いた私を救っていただいたクガイ王のお情けにすがり、命を長らえた私です。王のご恩は死んでも忘れません。
クガイ　余計な言葉はいらん。俺はただ、お前の同胞かと聞いている。
お竜　同胞？　とんでもない。言わば仇でございますよ。
五右衛門　お竜、お前。
お竜　あ、そう言えば、奴ら、この島に眠る秘宝の噂もしていました。

ガモー　秘宝？　こやつらが？
お竜　その通りです、ガモー将軍。世にも美しき石がどうとか。私は小耳に挟んだだけで何の事やらさっぱりわかりませんが。
ガモー　クガイ様。いかがいたしましょう。
クガイ　月生石を狙う者は、全て死罪とする。異国の者も例外ではない。
ガモー　御意。

五右衛門と左門字を処刑台にはりつける準備に入る。

左門字　…五右衛門、これもあいつの策か。
五右衛門　ああ、そうだ。お竜得意の、嘘八百並べて自分だけは生き残る作戦だな。
左門字　それじゃダメじゃないか！

焦る左門字。五右衛門はクガイの顔を見て何やら考え込んでいる。

五右衛門　…あの顔、どこかで…。
左門字　どうした。
五右衛門　いや、別に。
左門字　くそう、お前を信じた俺がバカだった。

五右衛門　へえ、この俺の言葉を左門字の旦那が信じたのかい。
左門字　信じてない。
五右衛門　いま、言ったじゃないか。
左門字　言ってない。
五右衛門　…まあ、そう意固地になるな。ひょっとしたら逃げられるかも知れねえ。
左門字　なぜ？
五右衛門　聞こえねえか？　さっきから大筒の音がするぜ。だんだんはっきり聞こえてくる。
左門字　なんだと。

と、聞いた瞬間、爆発。砲撃である。
驚くタタラの民達。

クガイ　騒ぐな、バラバ国の攻撃だ。ガモー将軍、タタラの兵の力、見せてくれるな。
ガモー　は。者共、戦だ。バラバのアホウ共を迎え撃て！

おうと喊声をあげる兵達。

五右衛門　今だ、左門字。
左門字　おう！

と、縄抜けをする五右衛門。
横にいた兵の刀を奪い左門字の縄を斬る。
左門字、近くの兵が持っていた自分の日本刀を奪い返す。
砲撃の方を睨み付けるクガイ。

クガイ　まだ、あきらめきれぬか。カルマよ。

そのクガイを闇が包む。

――暗転――

【第三景】

クガイの「カルマよ」の声に応えるように姿を見せるカルマ王子。

そこは船の上。時間は少しさかのぼる。

カルマの歌。

復讐こそ自ら選んだ道、この道の先に何が待とうとも自分は必ずそれを倒す。自分が率いるバラバの国が、クガイを倒すというような歌。

途中からボノー将軍とその妻シュザク夫人も登場。一緒に歌う。

カルマ歌い終わる。ボノーとシュザク拍手。

ボノー　いーなー、実にいい。
シュザク　なんか盛り上がりますわね。
ボノー　ああ、今度こそ、あのにっくきクガイを打ち倒す。こう、歌ってくるだけで闘志がメラメラと湧いてくるな。
シュザク　特に、あなたの声、渋い。もうメロメロですわ。
ボノー　そう？（とスカした笑顔）

シュザク　ええ、素敵すぎてもう一度フォーリンラブ。恋に落ちそう。
ボノー　我が妻よ。
シュザク　マイダーリン。
ボノー・シュザク　はぐ！

と、二人、熱い抱擁。

カルマ　おい、おい、そこの二人。
二人　は？
カルマ　いいのか、そんな態度で。今からタタラ国との決戦なんだぞ。
ボノー　ふ、お子様だな。
カルマ　なにい。
ボノー　カルマ王子。戦場に赴く戦士に何が必要か知っているか。知らないか、そうか、ならば教えてやろう。戦士にとって必要なもの。それは平常心。
カルマ　平常心？
ボノー　そうだ、いつもと変わらぬ心だ。いつもと変わらぬように飯を食べいつもと同じように妻を愛し、そのいつもと変わらぬ気持ちで敵を倒す。これぞ、戦士必勝の心得と知れ。
カルマ　でも、今までずっとクガイに負けてたぞ。
ボノー　く。

シュザク　だからこそ、ボノー将軍はこの私を連れてきたのですよ。今までの彼は肩に力が入りすぎてた。
ボノー　うむ。
シュザク　私が、彼の、ボノー将軍のだらだらーとしたとことかでれでれーとしたとことかを、力一杯引きずり出してリラックスさせてあげますのでご心配なく。
ボノー　おう。力一杯だらだらーとかでれでれーとかやってやるぜ。
カルマ　全然信用できない。
ボノー　心配するな、カルマ王子。俺はでれでれしているかもしれないが、別の手もうってある。お前達。

バラバの兵士が、大砲を持ってくる。
一緒に現れるペドロとアビラ。

ボノー　イスパニア直輸入の超長距離砲だ。これがあれば船の上からでも、クガイの宮殿を狙い撃ちだ。いくら奴でも、飛んでくる大砲の弾まではよけ切れまい。
ペドロ　その通り。このモッカ=リマーニャ商会特注の大砲ならば、どんな遠くでも百発百中。狙った獲物は逃しません。
アビラ　イスパニアの商人か。
カルマ　はい。
ペドロ

カルマ　でも、いつの間にこの船に。
ボノー　嵐に飲まれて、海を漂っていたのだ。
ペドロ　そんな人聞きの悪い。我々、モッカ＝リマーニャ商会のモットーは。
アビラ　どんな時でもボッタクリ。
ペドロ　（アビラの頭を叩き）どんな時でも誠心誠意。
アビラ　心をこめてボッタクリ。
ペドロ　（アビラの頭を叩き）心を込めてアフターケア。お売りした超長距離砲の使い心地が気になって、海を越えてお伺いしようとしていたのです。
カルマ　（ペドロの言い訳などに聞く耳持たず）船が難破したんだな。
ペドロ　はい。
シュザク　まったく。私達の船が通りかからなかったらどうなっていたか。
ペドロ　有り難うございました。そのお礼と言ってはなんですが、これを。

と、月生石を出す。

シュザク　んまああ、これは月生石。
ペドロ　はい。
アビラ　セニョーラ・シュザクにこれを。
シュザク　んまああ。ありがと。

ペドロ　タタラ国のクガイは、この月生石を独り占めしようと企んでおります。ボノー将軍、あなたの力で、ぜひそれを食い止めていただきたい。
カルマ　まかせとけ。
ボノー　俺もいるぞ。
ペドロ　で、さっきから細かくつっこむ小姑のようなこちらは？
ボノー　おお。彼こそはカルマ王子。わがバララバ国の頼もしい味方だ。
アビラ　これはこれは。この方が。
ペドロ　頼りにしていますよ、王子。
カルマ　まかせてくれ。
ボノー　よし、まもなくタタラ島だ。最終軍議を開く。こい、カルマ。
カルマ　おう。

と、うなずき、ボノー、カルマ、シュザク去る。見送るペドロとアビラ。

アビラ　いいんですか。
ペドロ　え？
アビラ　日本では五右衛門、バララバ国のボノー、次々に月生石狙わせてますが、そんなにあちこち声かけて混乱しないですか。
ペドロ　するだろうねえ。

アビラ　やっぱり。
ペドロ　なに、かまうことはない。混乱結構。大いにすればいい。とにかくクガイさえ出しぬきゃそれで問題は消える。
アビラ　確かに。
ペドロ　いいかい、相棒。俺たちはなんだい？　商人だろう。それもただの商人じゃない。死の商人。
アビラ　オー。（と納得の笑顔）
ペドロ　わがモッカ＝リマーニャ商会のモットーは、どんな時でもボッタクリ。心を込めてボッタクリ。

ペドロとアビラ、愉快で陽気な死の商人稼業の歌を歌う。

「小麦も銃も、クスリも火薬も、人の不幸も幸福も、あっちのものをこっちに売りつけ、こっちのものをあっちにさばいて、スペインだろうがイングランドだろうがニッポンだろうが関係ない。全ての国はお金で動く。フェリペ二世だろうがエリザベスだろうが秀吉だろうが関係ない、全ての人はお金に転ぶ。だからお金を儲けよう。七つの海もシルクロードも、全ての道はお金に通ず」みたいなひどい内容の歌を陽気に歌う二人。

興が乗ったペドロ、タップダンスを踊り出す。

と、軍議が終わったカルマがそこに顔を出す。

カルマ　…なんだ、それは。
ペドロ　タップダンス。（と素早い足捌き）
カルマ　面白そうだな。
ペドロ　だめだめ、素人には無理ですよ。
カルマ　なに。

負けん気の強いカルマ、挑戦する。
最初はおずおずと、だがすぐに要領を覚える。軽快なカルマのタップ。

ペドロ　むむ。

と、こちらも負けじとタップ。
二人の応酬。
いい感じに二人で盛り上がり、最後は一緒にクライマックス。
終わると、カルマを睨み付けるペドロ、近づく。

カルマ　……（ちょっと気圧される）
ペドロ　アミーゴ。

と、カルマにハグする。
そこに現れるボノーとシュザク、そしてバラバ兵達。兵隊長のズゴンを中心に戦闘準備に入る。

シュザク　（ペドロとカルマに）何やってるの？
カルマ　いや、別に。
ボノー　もうじきタタラ島だ。そろそろぶっ放すぞ。準備を急げ、ズゴン。
ズゴン　は。お前達、ボノー様は気短かだ。もたもたしてる男が一番お嫌いだ。急げ急げ。

砲兵が準備完了を伝える。

砲兵　超長距離砲、発射準備完了です。
ボノー　よし、ご苦労。
ズゴン　超長距離砲、よーい。
ボノー　撃てーっ！
砲兵　発射!!

ズゴン、長距離砲を撃つ。
一同、その威力を見るため彼方を見る。

望遠鏡を覗くシュザク。

シュザク　ああー、すごい。あのクガイの宮殿まで弾が届いてる。

ペドロ　わがモッカ=リマーニャ商会が自信を持ってお薦めする超長距離砲。狙いを外すわけがございません。

ズゴン　ようし、撃て撃て！

砲兵　は！

砲兵、大砲を撃つ。

ボノー　兵が乱れた。敵がひるんだ隙に上陸だ。一気にクガイの宮殿まで攻め入るぞ。

シュザク　あなた、頑張って。

ボノー　おう、行くぞ、カルマ。

カルマ　まかせろ。

ボノー　者ども続けー!!

タタラ国になだれ込むバラバの兵達。

――暗転――

【第四景】

クガイの宮殿。

第二景の終わりに続く。

砲撃のあとなだれ込んでくるバラバ国の兵士達。先頭はズゴン。兵のあとにはボノー将軍とカルマ王子も参戦している。

タタラの兵が出迎える。

受けて立つガモー将軍、突撃するガナル。

ガモー　宮殿まで攻め込ませるとは、なんたる不覚。いいか、ここから先は一歩も敵兵を中に入れるでないぞ。
タタラ兵達　おう！
ボノー　砲撃のおかげで敵の戦線は乱れている。このまま一気にクガイの宮殿を征圧するぞ！
バラバ兵達　おう、おう!!

そのクガイを探すカルマ。

カルマ　ボノー将軍。兵を貸せ。
ボノー　ん？
カルマ　俺は宮殿に斬り込み、一気にクガイの首をとる。
ボノー　おう、その意気やよし。まかせたぞ、カルマ。
カルマ　行くぞ、お前達。

何人かの兵を連れて駆け去るカルマ。

ズゴン　いいのですか、あんな無茶を。
ボノー　手は打ってあるよ。俺はバカじゃない。

と、彼の前に立つガモー。

ガモー　いいや、貴様は大馬鹿だ。
ボノー　ガモーか。
ガモー　クガイ様とタタラの国を裏切った貴様に勝機があると思うか。この大馬鹿者が。
ボノー　へん、そうやっていつまでもクガイの尻尾にくっついてるがいいや。もともとは奴だって成り上がり者じゃねえか。

ガモー　なんだと。
ボノー　クガイだって前の王を殺して、王座に就いたんだ。俺は、前の王の弟の息子。つまり王とはいとこの間柄だ。
ガモー　甥っ子だよ。いとこじゃない。バカ。
ボノー　やかましい。とにかく、王家の血筋は俺の方が濃いんだ。この国も月生石も俺が手にして何が悪い。
ガモー　だったら、倒してみろ。クガイ様が作ったタタラの軍に貴様のナマクラ刀が通用するか。
ボノー　上等だ！

ボノー、ガモーと戦う。
戦いのどさくさに紛れて逃げだそうとしている五右衛門と左門字。
さっき見たクガイの顔に見覚えがあるのを思い出す五右衛門。

五右衛門　…思い出した。間違いねえ。やっぱりあいつだ。あの野郎、こんなところにいたのか。

と、迫ってくる兵士達のほうに左門字の背中を蹴って押し出す五右衛門。

左門字　き、貴様、何を。
五右衛門　せいぜい連中の気を引きつけてくれ。そのために解放したんだ。じゃあな。

駆け去る五右衛門。

左門字　おい、待て。逃がすか。

追おうとする左門字。が、彼の前に立つ兵士達。戦いに巻き込まれ後を追えない。

左門字　（兵士達に）どけ。それがしは、日の本の国京都所司代盗賊目付、岩倉左門字だ。貴公らと一戦交えるつもりは毛頭ない。どいてくれ。

その言葉もむなしく、タタラ国からもバラバ国からも襲われる。

左門字　おのれ五右衛門、貴様を捕まえるのは俺だ。覚えておけ～！

と言いながら、兵達に押され五右衛門とは別方向に消えていく左門字。

高台。

警護の兵を斬り倒しクガイの元にたどり着くカルマ。その横にお竜がいる。

カルマ　見つけたぞ、クガイ。

クガイ　カルマか。

横にいるお竜に気づくカルマ。

カルマ　ふん、戦争で女連れか。いい身分だな。
クガイ　これが戦争だと。くだらん。
カルマ　なに。
クガイ　これはただのガキの遊びだ。
カルマ　ガキの遊びかどうか、その身に思い知らせてやる。母の仇だ、抜け！
クガイ　下がっていろ、倭国の女。
お竜　…クガイ様。
クガイ　その剣を俺に向けるからには覚悟はしているのだな、カルマ。
カルマ　覚悟するのは貴様の方だ。母がその手にかけられたときから、俺はこの時を待っていた。
クガイ　何を勘違いしている。斬ったのはお前の母ではない。俺の妻だ。
お竜　え…。
カルマ　上等だ。俺も貴様のことを父だと思ったことはない！
お竜　親子？　親子なの？
クガイ　こい、カルマ。
カルマ　うおおおーっ！

カルマ、突進。が、クガイ、迷いもせず一太刀でカルマの腕を斬る。

カルマ　うあっ！

剣を落とすカルマ。かろうじて急所ははずれている。

クガイ　ほう。急所ははずしたか。腕を上げたな。

素手のカルマに向かうクガイ。剣を拾わせる慈悲もない。

クガイ　このクガイに二太刀目を使わせたことだけでもほめてやろう。

そこに駆け込んでくる老女、カルマの乳母、バーヤである。

バーヤ　お、お待ち下さい、クガイ様。カルマ様はあなたのお子様ではありませんか。

と、二人の間に割って入る。

カルマ　バーヤ。
クガイ　どけ。
バーヤ　いいえ、どきませぬ。カルマ様は、こんなに幼いときからこの婆《ばあ》がお世話をしてきたお方。わが孫も同然。なぜ、父と息子が殺し合わなければならないのですか。クガイ様、お考え直し下さい。
カルマ　…お前。
クガイ　……。（ジッと乳母を見つめる）
乳母　クガイ様！

と、前に進む乳母。
が、表情を変えずに彼女を斬るクガイ。

お竜　え⁉
カルマ　バーヤ！

と、バーヤの手にある短剣。クガイの隙を突いて刺そうとしていたのだ。

クガイ　お前も、ボノーにそそのかされたか。
乳母　ボノー様は、月生石をくれると言った。好きなだけあの石を。

クガイ　…そうか、お前もあの石の虜になったか。

乳母、短剣でクガイに立ち向かう。
が、相手になるはずもない。クガイの剣に倒れるバーヤ。

カルマ　う、うわあああ。

その隙に逃げ去るカルマ。
黙って見送るクガイ。

クガイ　（乳母の亡骸に視線を移し）わずかの欲で身を滅ぼすか。だから、自分で考えるなと言っているのだ。来い、倭国の女。

お竜　は、はい。

立ち去るクガイ。あとを追うお竜。
入れ替わるように現れるタタラ兵対バラバ兵。宮殿前の広場。その中央で戦っているボノー将軍とガモー将軍。

ガモー　どうしたどうした、その程度の腕でクガイ様の首を狙うとは、身の程知らずにもほどがあるぞ。

ボノー　へん、いつまでもクガイの下でこき使われていい気になっている男に、俺の気持ちは分からねえよ。独立して一国一城の主となる。それが真の男の道だ。

ガモー　はは。カルマ王子をそそのかして担ぎ上げた男が言う言葉ではないな。

ボノー　なんだと。

ガモー　お前自身に人望がないから、王子を担いでバラバ国を立ち上げた。そうだろう。

ボノー　ふん。看板背負う度胸もない眼鏡野郎に四の五の言われる筋合いはねえ。この島は、月生石は、俺のものだ。

別の場所で戦っているガナル。その背後から忍び寄ったズゴン、ガナルの背に手傷を負わせる。

ガナル　く。

ボノー　ようし、一気に押せ押せー。

と、バラバ軍優勢。

ガナル　なめるな。

ガナルの反撃。その勢い、今までよりも激しい。

ズゴン　なに、手負いがなぜ。

ガナル　背中の傷は逃げようとした証と思われる。背に傷を受けた兵は戻れば死罪だ。生き残るには傷の数よりも多く敵を殺すしかないんだよ。

ズゴン　そんな無茶な。

ガナル　それがクガイ様の軍隊だ。

ガモー　裏切り者ボノーの兵など恐るるに足らん。者ども、切り伏せろ!!

と、また逆転。タタラ国の兵が奮起する。

ボノー　ぬぬぬぬぬ、ズゴン。ここは一旦撤退だ。

ズゴン　え。しかし。カルマ王子は。

ボノー　クガイを倒していたら、今頃勝ち名乗りを挙げているはずだ。

ズゴン　は。

ズゴン、発煙筒を焚く。

と、バラバの軍艦上、望遠鏡でそれを見るシュザクが現れる。その横に大砲と砲兵とペドロ。

シュザク　（烽火の合図に）撤退の合図だわ。援護して。
砲兵　は。

が、砲兵、何もしない。

シュザク　どしたの？
砲兵　は。
シュザク　なぜ、撃たないの。
砲兵　弾がありません。
シュザク　え？
ペドロ　失礼ながらセニョーラ、今回お買い上げ分は終了しました。
シュザク　そんな。追加してよ。戦争に勝ったらガバーッと払うから。
ペドロ　申し訳ありません。無い物はどうしようも。
シュザク　無いの。
ペドロ　弾薬は限られております。調子に乗ってバンバン使うと、あっという間に無くなってしまいます。限られた石油資源と同じです。あ、今なんか私、深いこと言っちゃいました？
シュザク　なに言ってるの。援護しないとダーリン達が逃げてこられないでしょう。

などと会話しているうちにクガイの宮殿は消え、舞台の中心は艦上になる。

と、言ってる端から戻ってくるボノー、ズゴン達。みんなボロボロの姿。

ボノー　いやー、死ぬかと思った。
シュザク　あ、よかったー、ダーリン、無事だったのね。
ボノー　おう、援護がないから焦ったぜ。
シュザク　弾切れだって。このケチなイスパーニャが。
ペドロ　申し訳ない。
ボノー　まあいい。こうやって無事に戻って来られたんだ。あんたらとは仲良くやっていきたいしな。
ペドロ　有り難うございます。
シュザク　カルマは？
ボノー　わからん。
シュザク　じゃあ、一緒じゃなかったの？
ボノー　？
シュザク　（望遠鏡を示し）クガイとやりあったとこは見えたの。傷を受けて、逃げ出したけど。
ペドロ　おやおや、カルマ王子をおいてけぼりですか？　ボノー将軍。
ボノー　一息ついたら捜索隊を出す。
ペドロ　その方がいい。あの方はあなた方の切り札ですよ。

ペドロ、そういうと立ち去る。

ズゴン達敗残兵も傷の手当てで去る。

ボノーとシュザクだけが残る。

ボノー、二人だけになったことを確認してから、子供のようにシュザクの胸にすがりつく。

ボノー　怖かったよー。
シュザク　よしよし、怖かったんだ。（と、頭を撫でる）
ボノー　だって、タタラ国の奴ら、斬っても斬っても倒れねえんだぜ。みんな鬼みたいな顔して、襲ってきて。みんな、クガイの顔みたいなんだ。百万人のクガイが襲ってくるかと思ったよー。
シュザク　大げさ大げさ。（とトントンと背中を叩く）
ボノー　大げさじゃねえよー、死ぬかと思ったんだよー。
シュザク　よしよし、ダーリンはがんばった。
ボノー　俺、やっぱだめだ。クガイなんかにかなうわけがない。乳母をそそのかした暗殺だって失敗するし、カルマだってあてにはなんねえし。奴を倒して、タタラ国も俺の手に入れるなんて絶対無理だよ。
シュザク　何言ってんの、ダーリン。クガイにかなわない。そ、当然よ。あなたはね、ちっちゃいの。こーんなちっちゃいの。
ボノー　え。

シュザク、『ちっちゃいあなた』の歌を歌う。
「人間の器も、性根も根性も、その目も、みーんなちっちゃいの。でも、そこがいいの。そこが好きなの。クガイにかなわない。当然よ。彼の方がでっかい。彼の方が男らしい。でも、私が好きなのはちっちゃいあなた。でっかい荷物はちっちゃいカバンには入らない。でもちっちゃいあなたなら、でっかいカバンにいくらでも入る。チャンスというカバンの中にいくらでもあなたを詰め込める。だから、ちっちゃい人間がちっちゃい性根で、でっかい奴を倒すの」みたいな意味の歌を歌う。ほめてんだかけなしてんだか、よくわからないが、曲は盛り上がり力強くなり、ちっちゃい内容の歌が希有壮大に聞こえ、ボノーはすっかり舞い上がり元気になる。

ボノー　よーし、頑張るぞー。ちっちゃい俺。
シュザク　頑張って、ちっちゃいダーリン。

なんだか意気昂揚する二人。

——暗転——

【第五景】

その夜。クガイの宮殿。宝物庫。
暗闇の中、そっと忍び込む人影一つ。お竜である。
宝玉入れを見つけると、その中から月生石の首飾りを取り胸にしまう。
部屋を出ると、声をかけられる。

クガイ　眠れないのか。

そこに立つクガイ。

お竜　クガイ様。
クガイ　あまりうろうろするな。今夜はこれ以上女を殺したくはない。
お竜　はい。

立ち去ろうとするお竜。

クガイ　あ、待て。

止まるお竜。

クガイ　お前は踊り子だったな。
お竜　はい。
クガイ　だったら、踊ってくれ。
お竜　ここでですか。
クガイ　ああ。
お竜　それでお気持ちが休まるなら。

お竜、バラードを歌い始める。
その曲にあわせ、ゆっくり踊る。
歌の合間に、クガイに問いかける。

お竜　本当にお子さんだったんですか。
クガイ　ん？
お竜　あの攻めてきた男の子。

クガイ　カルマか…。
お竜　私の国も随分と戦《いくさ》が続きました。父と子が殺し合うことも珍しくはなかった。でも、この南の島でも同じ事が繰り返されているとは思わなかった。
クガイ　人が生きているとはそういうことだ。
お竜　そう、そうですね。

お竜、クガイの手を取る。二人、ゆっくりとダンスを始める。

クガイ　俺は、あいつの母親を殺した。王の座を奪うためにな。前の王に妻を差し出し、その妻ごと王を殺した。今更、息子を殺しても何とも思わんよ。
お竜　おかしい。
クガイ　なにが。
お竜　王はさきほど、今日はこれ以上女を殺したくないと仰りました。それが今は、実の子供を殺しても何ともないと。二つのお心のうちのどちらが本当なんでしょう。
クガイ　さあな。
お竜　でも、悪い男は好きですよ。

と、身を寄せるお竜。

クガイ　そうか。俺も、大胆な女は嫌いではない。

と、お竜を抱きしめ、その胸に手を回す。
その胸に手を入れると、隠していた月生石の首飾りを引きずり出す。

クガイ　だが、嘘つきは許せんな。

お竜の表情が強ばる。
向かい合う二人。

クガイ　お前も、あの盗人《ぬすびと》達の一味か。
お竜　（口調が不敵になる）だったらどうする。

お竜、言うが速いか、クガイの喉元に短剣を当てる。

クガイ　……。

クガイ動じず、喉元に刃を当てられたまま彼女の腰に手を回し踊りを続ける。

お竜　怖くないのかい。

クガイ　その程度の腕で俺を殺せると思っている愚かな女なら、とっくに息の根を止めているさ。

お竜の顔に怒気がはしる。なめられたと思ったのだ。

お竜　やってみなくちゃわからないだろう。

その手に力が入るお竜。

その時、男の声。五右衛門だ。

五右衛門　やめとけ、お竜。死にたくなければな。

闇の中から五右衛門が現れる。

五右衛門　お前がその男の喉元掻ききる前に、その男の腕がお前の背骨を砕くだろうよ。

お竜、ハッとする。腰に回されたクガイの手をほどこうとするが、ビクともしない。

クガイ　昼間の盗賊か。女を取り戻しにきたか。それとも月生石狙いか。

五右衛門　俺を売ろうとした女だが、てめえだけには殺させるわけにはいかねえ。
クガイ　ほう。
五右衛門　俺は昔、てめえに女を殺された。二度も同じ目にあってたまるものか。
お竜　え。
五右衛門　てめえ、日本人だな。日の本の侍、それが貴様の正体だ。
クガイ　……。（軽く笑う）

お竜の身体から手を放すクガイ。

五右衛門　王座を手に入れるために、女房を殺す。実の息子にも情けをかけねえか。間違いねえ、十年以上たってもやり口は変わらねえなあ。

お竜、五右衛門の方に行く。

クガイ　十年？
五右衛門　てめえは忘れてるかもしれねえが、俺はそのツラ、よおく覚えてる。織田軍の伊賀攻め、そこで兵の指揮をしていた侍に、お前の顔はそっくりなんだがね。え、クガイさんよ。
クガイ　（五右衛門の顔を見て）…お前、あの時の忍びか。
五右衛門　やっと思い出してもらえたようだな。その通りだ。おめえの胸に一太刀浴びせた男だよ。

お竜　それじゃあ、この男かい。五右衛門の仇っていうのは。

五右衛門　ああ、そうだ。こいつだよ。俺の村も、女も仲間も皆殺しにしたのは。あの時の織田軍の侍大将が、まさか、こんな南の島の王様におさまってたとはな。驚いたぜ。

クガイ　ああ、思い出した。戦場《いくさば》で襲いかかって来た忍びがいたな。確かにこの胸に傷を負わせた。

五右衛門　あの時、とどめを刺せなかったのは、俺の一生の不覚だ。もっとも忍びの剣だ。初手でやれなきゃ、こっちに勝ち目はなかったがな。今、こうして生きてるのが不思議なくらいだ。

クガイ　そうか、お前をかばったあの女は、お前の女だったのか。

五右衛門　伊賀のくノ一だったがね。馬鹿な女だ。こんな男の身代わりになってな。

クガイ　どうする。仇をとるか。その女の。

五右衛門　…さてね。今更、お前の命をとってどうなるもんでもねえだろう。俺は盗っ人だ。盗るなら貴様が後生大事に抱えているお宝をいただくよ。

クガイ　愚かな男だ。この俺からは何も盗めない。なぜなら俺は何も持っていないからな。

五右衛門　なんだと。

クガイ　貴様、名前は。

五右衛門　石川五右衛門。

クガイ　楽しかったよ、五右衛門。久しぶりに昔話が出来た。だが、月生石を持ち出そうとする者を生かしておくわけにはいかん。それがこの島の掟だ。

剣を抜くクガイ。五右衛門も剣を抜く。

対峙する二人。

五右衛門　…お前、何を考えてやがる。
クガイ　ん？
五右衛門　てめえの顔は空っぽだ。抜け殻の空っぽの顔してやがる。
クガイ　だから言っているじゃないか、俺は何も持っていない。

その虚無の目にさすがの五右衛門も恐怖する。

五右衛門　お竜、おめえの逃げ足、信じるぜ。
お竜　え。
五右衛門　いいから逃げろ。てめえだけでも逃がさなきゃ、ここまで忍んできた甲斐がねえ。
お竜　無理だよ。この男からは逃げられない。
クガイ　よくわかっている。
五右衛門　ち。

五右衛門、打ちかかる。
鬼気迫る戦い。
が、五右衛門もクガイの剣には及ばない。

得物を飛ばされ、その腹にクガイの剣の鐺《こじり》を叩き込まれ気絶する。

お竜　五右衛門！

クガイ　衛兵。

衛兵、三人ほど現れる。

クガイ　連れて行け。

衛兵　は。

お竜　どこに。

クガイ　せっかく海を渡って来たんだ。月生石がどういうものかその身体で知ってから、地獄に行っても遅くはない。

衛兵達、気絶している五右衛門を引きずっていく。

クガイ　（お竜を見て）なぜ、逃げなかった。

お竜　無駄なことはしない主義なの。好きにするがいいわ。

クガイ　そうか。…だったらもう少し踊ってくれるか。

と、そばの椅子に腰掛けるクガイ。

お竜　…殺さないの。
クガイ　言ったはずだ。今日はもう女を殺す気分ではないと。
お竜　明日は。
クガイ　俺は鏡だ。お前に邪念が起これば、その邪念がお前を殺すだけだ。
お竜　…そう。

クガイを見つめるお竜。その胸に複雑な思いが湧く。

クガイ　どうした。
お竜　いえ…。初めて見たわ、あんたみたいな人。

お竜、歌い始める。
それを黙って聞くクガイ。
二人の姿が闇に消え、やがて現れる禍々しい光景。
泥だらけの人々が、働いている。
そこは月生石採掘のための地下坑道。
衛兵達、そこに五右衛門を放り込む。

待っている坑兵のザンとダルー。月生石採掘の坑夫達を見張る兵隊だ。

ザン　ほら、しっかり働けよ。

五右衛門　ここは。

ザン　地獄穴だよ。月生石の採掘所だ。

ダルー　ここから生きて逃げ出した人間はいない。クガイ様のために死ぬまで掘り続けろ。

五右衛門、ゆっくり立ち上がるとその坑道を眺める。絶望の人々は彼を取り囲み、月生石は妖しく煌めき彼を包む。

五右衛門　クガイめ、ひとつ思い違いをしたな。地獄は俺の根城だよ。この石川五右衛門のな。

闇をにらむ五右衛門。

——第一幕・幕——

―第二幕―

世に盗っ人の種は
尽きまじ

【第六景】

月生石採掘場。

タタラ島の地下深く掘られた縦坑。

まわり一面が月生石の壁で、そこをツルハシや巨大なドリルなどで切り崩し掘り進んでいる坑夫達。

その彼らを指揮する坑夫隊長インガ。仮面をつけた女性である。

インガ　よく聞きな、ここは地の底、タタラの地獄穴。一度入った人間は、掘って掘って掘り抜けるまでお天道さんはおがめない。命を賭けて掘り抜きな。

坑夫達、ツルハシやショベルや鎚などでリズムを取り出す。

インガと坑夫達による「ここは地の底地獄穴」の歌。

途中、インガのソロパート「仮面の女坑夫隊長」も入る。

「ほってほってまたほって、この世の果てまで掘り抜けば、見えてくるのが人の業。辛い涙は仮面に隠し、鉄の女と人は呼ぶ。スコップだけが人生さ、仮面の女坑夫隊長、その名もイ

ンガ。その愛と涙と人生は月生石だけが知っている」みたいなノリのパートを歌い上げるイ
ンガ。

歌が終わると、坑兵のザンとダルーが五右衛門を連れてくる。

ザン　新入りですよ、インガ隊長。

と、縛られた五右衛門の背中を蹴るザン。

五右衛門　うわ。(と、前につんのめる)
インガ　なに、こいつ。
ダルー　倭の国とかいう島国から、わざわざ月生石を盗みにやってきたんですと。
ザン　名前は、ああ、なんだっけ。
五右衛門　五右衛門だ。
インガ　五右衛門?
ザン　そうそう、石川五右衛門だ。クガイ王に喧嘩を売って叩きのめされたとか。
インガ　ふうん。身の程知らずもいいところね。あのクガイ王に歯向かって、その首がつながっているだけ感謝する事だわ。
五右衛門　しぶといのは俺の売り物なんだ。買うと言っても売らないけどな。
インガ　なに、ちょっとよさげなこと言ってすかしてるの。そんな無駄口もすぐにきけなくなるわ。

インガが合図するとザンとダルーが五右衛門の足に鉄球付きの鎖をつける。

インガ　それでお前も逃げられない。

ちょうど掘りだした1、2メートルくらいの大きな月生石の固まりを運び出している坑夫がいる。

インガ　ごらん、あれが月生石の固まりさ。お前はあれを掘り出すんだ。

五右衛門　こいつは…。ひょっとして、ここ一面が月生石か。

インガ　へえ、さすがだね。よくおわかりだ。

五右衛門、まわりを見ている。

インガ　月生石を取りに来たんだって。たっぷり取ってもらおうじゃない。土の中から掘りだしてね。但し、掘りだした物はすべてあたしのものだよ。そしてあたしのものはすべてクガイ様の物。あたしは、この地獄穴をしきる仮面の鬼隊長、インガだよ。これからはあんたの太陽代わりさ。もう二度と本物の太陽にはお目にかかれないからね。

くすっと軽く笑うザン。

インガ　何がおかしい。

ザン　いえいえ。

インガ　今笑ったでしょう、くすって。

ザン　だって、仮面の鬼隊長って、仮面つけたの今日が初めてでしょ。

五右衛門　初めてなの？

インガ　ばか、だまれ。

ザン　はいはい。（ダルーに）初めてだよな。

ダルー　うん。

インガ　とにかく、せいぜい頑張って掘ることだね。お前の仕事はそれだけだ。あとは頼んだよ、お前達。

ザン　（黙ってインガを見つめる）……。

インガ　なに。

ザン　仮面。へんですよ。

ダルー　似合ってませんよ。

インガ　うるさい。無駄口はいいから作業を進めなさい。

そそくさと立ち去るインガ。

ザン　ほら、お前の持ち場は向こうだ。さっさと掘れ、ゴエ。（と、ツルハシを渡す）
五右衛門　ゴエ。

生意気な口ぶりにカチンと来る五右衛門。
だが、彼の態度に周りにいた坑夫達が、全員五右衛門をにらみつける。

ダルー　言っておくが、ここではお前のような囚人はわずかだ。目印はその足かせ。

確かに五右衛門のように足に鉄球をつけているのはわずかの人間だった。

ザン　月生石を掘りだしているのは、誇り高きクガイ様の民。お前は常に監視されていることを忘れるな。
五右衛門　……。（面白くなさそうにツルハシを受け取ると、隅の方に行き掘り始める）
ザン　よーし、それでいい。ほーら、みんなも頑張って掘るぞ。
ダルー　襲ってきたバラバの兵も蹴散らした。クガイ様は無敵だ。タタラ国は不滅だー。

おうと答える坑夫達、また一斉に掘り出す。
ザンとダルー、立ち去る。

考えている五右衛門。

五右衛門　…あの女、…しかしまさか。

と、考え込むが、喉の渇きに気がつく。
と、そばにわき水がある。

五右衛門　わき水か。

と、手を伸ばす。
その側に寄ってくる二人の男。太った男と痩せぎすの男。ともに足に鉄球。
五右衛門が水を飲もうとすると、それを押しとどめる二人。顔も身体も薄汚れて最初はわからないが、モグラの壱助と発破の灸六である。

灸六　およしなせえ、旦那。
五右衛門　何しやがる。
灸六　その水は地獄水だ。飲んだら、喉が焼けちまう。さ、こっちを。（と、竹筒を差し出す）
五右衛門　なんだ、おめえら…（と、言ったところで二人の顔に気づく）お、おめえら、壱助に灸六か。

壱助　へい、モグラの壱助で。
灸六　発破の灸六でさあ。
五右衛門　そうか、おめえら、無事だったのか。あの嵐をよく無事で…。
壱助　へい。この灸六の腹が浮き輪代わりになりまして、なんとかここまでたどり着きました。
灸六　海岸で気絶してたら、奴らに襲われて、ここで無理矢理月生石掘りをやらされる羽目に…。（と、言いかけて、いきなり向こうの坑夫に注文をつける）馬鹿野郎、ダメだダメだ。そんなとこに発破仕掛けたら、天井まで亀裂が入って落盤だぞ、このバカタレが！

と、坑夫の方に歩いていくと火薬を持って仕掛けを始める。

灸六　貸してみろ、馬鹿野郎。

まわりの連中も灸六に一目置いているようにペコペコする。
と、壱助の所にも、坑夫の一人が相談に来る。図面を広げる。

坑夫1　壱さん、あそこの岩盤は…。
壱助　ああ、多分堅えのはここからここまでだ。ちょっとずらしてこっちから掘り抜きな。すぐにツルハシが入るはずだ。
坑夫1　へい。さすがは壱さんだ。（作業している仲間に）おい、もっと左だ。左から掘り抜け。

と、向こうで爆発。灸六の発破だ。一同歓声を上げている。灸六を褒め称えている坑夫達。

灸六、戻ってくると子分の態度に戻る。

灸六　すいやせん。まったく火薬の目方も読めねえ素人共で。こわくって任しちゃおけませんや。

五右衛門　…なんか、お前らたった二三日で、ものすごくなじんでないか。

壱助　へへ、面目ねえ。でもね、要はこいつですよ。（と二の腕を叩く）

灸六　命のかかった現場は、腕の立つ奴が強えんですよ。でも、五右衛門の親分も無事でよかった。

壱助　安心してくだせえ。親分に不自由な思いはさせやせんぜ。

五右衛門　…ちょうどいい、いくつか気になってることがある。

と、わき水を手に取り口に入れる。

五右衛門　うわ！（顔をしかめる）

あわてて灸六の竹筒を受け取り水を飲む。

壱助　しょっぺえでしょう。

灸六　ひでえ塩水で。
五右衛門　だな。

と、転がっている月生石の表面をツルハシで砕くと細かい粉が出るのでそれをなめる五右衛門。

五右衛門　やっぱりな、こいつは岩塩だ。ギュッと堅く堅くかたまって宝玉見てえになってたってわけか。
灸六　さすが親分。
五右衛門　気づいてたか。
灸六　へえ、壱助が。
壱助　ツルハシ入れりゃあ、たいがいのものはわかりまさあ。
五右衛門　月生石の正体が、塩の固まりとはな。それで、イスパニアやイングランドも、欲しがるってわけだ。
灸六　へえ？
五右衛門　人間生きてくために塩はかかせねえ。特に長い船旅だとな。この島にこれだけの岩塩がありゃあ、船で渡ってくる連中には好都合だ。この島を拠点にして、東にも北にも足が伸ばせるからな。
灸六　なるほど。さすが五右衛門の親分だ。

壱助　でも一目でよくわかりましたね。
五右衛門　もとは伊賀の山育ちだ。金掘りや銀掘り、塩掘りの技術は知ってらあ。昔見た岩塩の採掘場によく似てるんだよ。この壁の感じとかな。だが、となると、解せねえ事がまた出てくる。
炙六　？
五右衛門　掘り方が違うだろう、壱助。
壱助　へい。あっしもそれがどうにも気になって。
炙六　と、言いますと。
五右衛門　ここの掘り方は岩塩の切り出し方にしちゃ効率が悪いんだよ。
壱助　へい、どうも闇雲に奥へ奥へと掘り進んでるようで。
五右衛門　…やっぱりな。クガイの野郎、何か企んでるな。
炙六　親分、月生石掘るだけ掘ったら奴らの目を盗んで逃げましょうぜ。
壱助　そうだそうだ。
五右衛門　何か手があるか。
炙六　へい。この奥に牢屋がありました。なんでもさっきの兵隊達に逆らった連中だとか。そいつら解き放って焚きつけて騒動を起こせば…。
壱助　どさくさまぎれに逃げ出せますさあ。
五右衛門　なるほどな。

五右衛門、髪の毛から針金を取り出すと自分の足かせの錠を開けはずす。

五右衛門　こんなもんで、この五右衛門様が縛れるものかよ。お前らも。

灸六・壱助　へい。

五右衛門、二人の足かせもはずしてやる。

壱助　ありがてえ。じゃあ、さっそく牢屋を開けてきやしょう。

五右衛門　まあ待て。焦るんじゃねえ。もう一つ、確かめなきゃならねえことがある。

灸六　と、いいますと。

五右衛門　…ひょっとしたらこの島は、俺にとっちゃ因縁の固まりかも知れねえ。昔、なくしたはずのな。

と、インガが去った方を見つめる五右衛門。

——暗転——

【第七景】

暗闇の中、一人現れるカルマ。

カルマの歌。

クガイに戦いを挑んだものの、まったく歯が立たなかったことへの悔しさが彼を歌わせるのだ。

ひとしきり歌いきると、体力がなくなり、座り込む。

そこは草原。

草むらから現れる左門字。

カルマ　だ、誰だ！（剣をかまえる）
左門字　俺か、俺は迷子だ。
カルマ　え？
左門字　いや、助かった。草むらに逃げ込んだはいいが、もうどこがどこやら。やー、よかった。やっと人に会えた。
カルマ　お前、誰だ。タタラの国の者でもバララバの者でもないな。

左門字　おう、それがしは日の本は京都所司代盗賊目付、岩倉左門字。以後、よしなに。
カルマ　日の本…、では貴様も月生石を。
左門字　待て待て、違う。誤解だ。俺は月生石を狙う盗っ人を狙っているのだ。この島に流れ着いたのもそのせいだ。おぬし達に害を与えようとは思っていない。それはわかってくれ。
カルマ　盗っ人…？
左門字　石川五右衛門という、日の本の大泥棒だ。俺の仕事は奴の捕縛、ただそれだけだ。
カルマ　…この島では、そんな寝言は通用しない。外から来た者はみんな死刑だ。
左門字　そうらしいな。さっきも危うく殺されかかった。
カルマ　…怖くないのか。
左門字　え。
カルマ　脅えているようには見えないから。
左門字　ああ、俺はな、五右衛門を捕まえるまでは死なないからな。
カルマ　なぜ。
左門字　理由はない。
カルマ　…ただの馬鹿か。
左門字　人にはな、天から与えられた役割がある。それを果たすまでは、そう簡単には死なないんだよ。そういうもんだ。
カルマ　…思い込みはこわいな。
左門字　で、おぬしは。確か、さっきの戦で先頭切って乗り込んできてたな。タタラに反する者か。

カルマ　俺はカルマ。今はバラバ国に身を寄せてはいるが、このタタラ国の王子だ。
左門字　王子？　では、タタラ国王の息子だと。
カルマ　いうな。
左門字　え。
カルマ　あの男の子供とは言われたくはない。あの男は母の仇だ。
左門字　仇？
カルマ　ああ、俺ははっきりと見た。奴がその手で母を突き殺すところをな。幼い時だが、それは間違いない。
左門字　…そうか。まあな、戦《いくさ》ってのはいろいろあるもんだ。俺の国でも、父と子が殺し合うってのもいくらでもあった。
カルマ　倭の国でもか。
左門字　ああ、ずっと戦ばかりだよ。落ち着いたのはこの10年くらいだ。
カルマ　…そうか。

カルマ、再び座り込む。

左門字　（カルマの様子に）…なんだ、お前、ケガしてるのか。
カルマ　触るな。大した傷じゃない。

と、左門字、耳をそばだてている。

カルマ　どうした。
左門字　…歌だ。歌声が聞こえる。人がいるんだ。
カルマ　え…。
左門字　こい、こっちだ。傷の手当てが出来るかも知れない。
カルマ　でも…。
左門字　いいからこい。

無理矢理カルマを引っ張っていく左門字。

草むらが開ける。

そこは泉。そのまわりに集う男女。

ゆるやかな衣装をまとい、いずれものほほんとした表情をしている。

タタラ島の先住民、ホッタル族である。

大きな鍋に火をかけて、スープを作っている。それが出来る間、それぞれ楽器を持ち歌い踊っている。

ホッタル族　暖かい日差し　流れる雲　人は生まれそして人は死ぬ
いいことがあって笑い　悲しいことがあって泣き　そして人は死ぬ

食って寝て抱いて抱かれて　そして死ぬ
真っ赤な血と真っ赤な肉と真っ白な骨　それが人生

というような、事実を淡々と語る、聞きようによってはすごく諦念のある歌を、陽気に、しかしどこか一抹の悲哀も感じる旋律で歌っている。たとえば民族音楽風か。（アルゼンチンの「花祭り」のような）

聞き惚れる左門字とカルマ。

左門字　…いい歌だな。なんだか気分がほわっとする。（と、一人つぶやく）
カルマ　…なんで。なんでホッタル族がまだ生き残ってるんだ。
左門字　ホッタル族？
カルマ　このタタラ島の先住民だ。クガイが前の王に命じられて皆殺しにしたはずなのに…。

彼らに気づくホッタル族。
その中の一人の女性ラウがカルマのケガに気づく。

ラウ　ケガ？

ホッタル族、「ケガ？」「大丈夫？」「いたい？」などと口々に心配して、カルマに近づく。

あまり複雑な言葉は発しない。
椰子の殻を持ち近づくロコ。
警戒するカルマに微笑み中味を見せる。白い軟膏。

ロコ　薬。

軟膏を塗りつけ布で巻いて手当をする。

カルマ　あ、ありがとう。

ニコニコ笑うホッタル族。

ロコ　それですぐによくなります。
左門字　助かった。すまん。
ラウ　あなたは倭国の人？
左門字　ああ、そうだ。なぜ分かる。
ラウ　クガイに似てるから。
ウレ　ああ、そうだ、若い頃のクガイに。

ホッタル族、口々にうなずく。

左門字　クガイに？　俺が？　馬鹿な。
ウレ　初めてあった頃、クガイ、あなたと同じ格好してた。
ラウ　なつかしい。
左門字　…何を言ってるんだ。
カルマ　…クガイも元は倭人だ。日の本の侍だった。幼い俺を連れ母とわずかの供を連れてこの島に流れ着いたんだ。
左門字　なんだと。
ロコ　クガイの子か？
カルマ　……。
左門字　ああ、そうだ。息子のカルマだ。
ロコ　そうか、クガイの息子か。
ラウ　今日はいい日だ。懐かしい人が来た。クガイの息子も来た。
ウレ　歌おう、いい日だ。

再び楽器を持つホッタル族。

ロコ　ほら、これ。（と、カルマにスープを渡す）血が出たから、血を作らないと。食べて。

カルマ、最初はおずおずと、すぐにガツガツと食べ出す。
ホッタル族、その食べっぷりに嬉しくなって楽器を奏でだす。
と、ウレが左門字に弦楽器を差し出す。ギターのような形。

ウレ　（自分を指して）ウレ。（左門字に「あなたの名は？」と問う仕草）
左門字　ああ、俺か。俺は左門字。岩倉左門字だ。
ウレ　サモンジ、これ。（と、ギターを弾けと差し出す）
左門字　いや、俺は。
ウレ　ほら。

と、屈託のない笑顔で差し出されるので、つい受け取る左門字。

左門字　こんなの弾いたことがないぞ。

と、ホッタル族の一人が別のギターを弾いてみせて使い方を教える。

左門字　無理だよ、俺は。

と、いいながら弾いてみる。最初はダメだが、すぐにうまくなる。ギターの相手にあわせておずおず弾いているが、だんだん調子が上がってくる。

左門字　（ちょっと嬉しくなる）おおー。

ほめそやすホッタル族。
左門字、楽しくなり、ギターを弾き歌い始める。
「海を渡ってきたサムライ」のような歌。
と、途中から、カルマがその歌に会わせて踊り始める。

左門字　カルマ、お前、ケガは。
カルマ　いや、なんだか凄く気分がいいんだ。
ロコ　薬が効いた。
ラウ　私達のクスリはすぐに効く。
ウレ　いいクスリだ。
ロコ　（カルマをさし）いい踊りだ。
ウレ　（左門字をさし）いい歌だ。
左門字　楽しいか。
ウレ　うん、楽しい。

左門字　そうだな、楽しいな。

左門字の歌とカルマのダンス。ホッタル族の演奏。ひとしきり盛り上がる。
二人の歌とダンスが終わると、ホッタル族の喝采。
二人とも気分がいい。
左門字もスープをもらう。

左門字　ありがとう。（一口食べて）うまいな。
ラウ　月が生んだスープ。
ウレ　月生石のスープ。
左門字　月生石？　まさか、あの宝玉か？
ロコ　そう、宝の石。人が生きていくのにかかせない石。
ウレ　私達が生きていくのにかかせない石。
ラウ　私達は月の石を削って命をつなぎ、その石で命を削る。

ホッタル族の一人が、月生石を削りスープに入れている。左門字、それに気づき近づく。破片をもらいなめる。

左門字　…まさか。…これは塩か。

と、そこに現れるクガイ。

クガイ　そうだ、塩だ。それが月生石の正体だよ、倭国の男。

カルマ　クガイ！

クガイ　まさかお前達がここにいたとはな。

カルマ　貴様こそ！（と、敵意むき出し。近くに置いてあった刀に飛びつく）

クガイ　（動じず）よせ。

カルマ　おじけづいたか。

クガイ　ここで血は流したくない。

カルマ　言うな！（と刀を抜く）

左門字　よせ、カルマ。

カルマ　とめるな、とめれば貴様も斬るぞ。あいつは、母の仇だ。

左門字　見ろ。彼らが脅えているぞ。

小鳥のように脅えているホッタル族。

カルマ　え…。

カルマが動くと「ひ」と脅えるホッタル族。

カルマ　いや、これは…。

その脅えように毒気を抜かれるカルマ。

左門字　…さあ。（剣を収めた方がいいという表情）

カルマ　……。（剣を収める）

クガイ、カルマは意に介さずホッタル族に言う。その声音は、今までになく柔らかく暖かい。

クガイ　ラウ。（向こうに物があるという仕草）

ラウ　はい。

ホッタル族、心得たもので、その言葉に取りに行く。荷車に新鮮な果実や食物、新しい服、そして新しい楽器が山のように乗っている。

クガイ　食べ物と酒、新しい服、そして新しい楽器だ。

ホッタル族、歓声をあげて、それらを受け取り広げ試してみる。その様、子供のよう。
クガイ、彼らを見る目は暖かい。
再び歌い出すホッタル族。
クガイに近づこうとするカルマ。

左門字　（それをとめ）おい。
カルマ　話をするだけだ。
左門字　刀を置いていけ。
カルマ　しかし。
左門字　話をするのなら刀はいらんだろう。俺もここで血は見たくない。
カルマ　大丈夫だ。俺は抜かない。
左門字　ばか、斬られるのはお前だ。刀を持ったまま間合いに入れば、容赦なく剣をふるう。あそこにいるのはそういう男だぞ。
カルマ　……。（左門字に刀を渡す）

クガイに近づき話しかけるカルマ。

カルマ　…なんの情けだ。
クガイ　……。

カルマ　ホッタル族を皆殺しにせずに、こんなところに住まわせて。罪滅ぼしか何かのつもりか。
クガイ　……。
カルマ　何とか言え。
クガイ　俺が答えたらお前は納得するのか。
カルマ　え。
クガイ　お前は、お前が用意した答えしか聞く気はない。それ以外の言葉を言っても無駄なことだ。
カルマ　何を言い繕っている。
クガイ　黙って彼らの歌を聴け。その方が今のお前にはよほどためになる。
カルマ　黙れ。お前は己の欲のために、俺の母を殺し、王座を手に入れた。月生石を独り占めにして、イスパニアの商人に高く売りつけようとしている。お前は王にはふさわしくない。こうやって偽善者ヅラするのは、もっと似合わない。
クガイ　お前は王座が欲しいのか。
カルマ　ああ、お前を倒して俺は王になる。ボノー達とも、そう約束した。
クガイ　タタラの王になり、月生石を手に入れて、そしてどうする。
カルマ　今よりましな国を作る。貴様のように恐怖で人を押さえつけるのではなく、もっと自由に溢れた国をな。
クガイ　…自由か。くだらない。
カルマ　なに。
クガイ　その自由の先にあるのは、滅びだ。

カルマ　滅びるのはお前の方だ！

彼の大声に、ホッタル族が脅え歌をやめる。

クガイ　…潮時か。
カルマ　え。
クガイ　（ホッタル族に）お前達、今日はこのくらいにしよう。

ホッタル族達、クガイを見る。

クガイ　また来る。また会おう。

ホッタル族「うん」「さよなら」「また会おう」などと口々に言いながら去る。

ウレ　さよなら、サモンジ。
左門字　さよなら。
ロコ　（カルマに）また、会おう。

クガイ、カルマ、左門字の三人だけになる。

カルマ、左門字から刀をひったくるように取る。剣を抜くカルマ。

カルマ　来い、クガイ。

クガイ、逡巡なく剣を抜き襲いかかる。
カルマのかなう相手ではない。
と、左門字剣を抜き、クガイの剣を受ける。
いったん離れる三名。

左門字　岩倉左門字、義によって助太刀する。
クガイ　義だと？
左門字　ああ、彼はケガをしている。見殺しにはできん。
クガイ　それは義ではない、情だ。
左門字　なに。
クガイ　義と情を混同すると、人の道を見誤るぞ。
左門字　く。

クガイ対左門字・カルマ。
だが、クガイに押され左門字とカルマ、剣を飛ばされる。

カルマと左門字、絶体絶命。
その時、島の子供が一人現れる。第二景でバナナを食べていた子供だ。また、手にバナナの房を持っている。

クガイ　行け。ここは危ない。

と、子供、手に持っていたバナナの房を抜く。そこに短筒。子供、銃を撃つ。クガイの腹に命中する。

クガイ　ぐ!
左門字・カルマ　!!

と、子供、驚いて、銃を落とし逃げ出す。
入れ替わりに現れるボノーとシュザク。
ボノー、持っていた新式火縄銃を撃つ。
銃身が五つついている連発式火縄銃だ。
クガイの腕と足に弾が当たる。
続いて、ペドロとアビラが現れる。

ペドロ　いかがですか、モッカ＝リマーニャ商会特製の連発火縄銃の威力は。
ボノー　いいねー、実にいい。

ボノー、クガイに狙いを定める。クガイ、傷もありさすがに迂闊に動けない。

カルマ　子供に撃たせるとは…。
ペドロ　私は、あの子にクガイに向けてまっすぐにこの引き金を引けといっただけですよ。

と、子供が落としていった短筒を拾うペドロ。

シュザク　いくらその男でも敵意のない相手には油断する。あなたの狙い通りだったわね、ペドロ。
ボノー　クガイ、最後はあっけなかったな。
クガイ　…カルマ、それがお前が選んだ道か。
カルマ　…え。
クガイ　お前の言う自由とは、そうやって掴むものなのか。
カルマ　……。
シュザク　ダーリン、やっちゃって。
ボノー　おうよ。

引き金を引こうとしたその時、彼らの背後からお竜が現れる。
手に持った刀で、銃を持ったボノーを叩きのめす。体勢を崩すボノー。
そのままクガイの方に走り寄る。

お竜　大丈夫ですか、クガイ王。
アビラ　お前は。
ペドロ　お竜さん、せっかくまた会えたのに、なんのつもりですか。
お竜　みたまんまのつもりさ。あんた達に殺させるには、この人はもったいないよ。
クガイ　どけ、女の手は借りぬ。
お竜　そうはいきません。こっちも身体と意地をはってんですよ。
ボノー　だったら死ね！

ボノーが銃を撃とうとする。と、五つの銃身が離れ、すだれのようにぶらさがる。引き金を引いても発射しない。

お竜　はは。さっき細工しといたのさ。
ボノー　おのれ。（と、新型銃を投げ捨てる）
ペドロ　愚かな女ですね。お宝をあきらめましたか。
お竜　冗談じゃない、この真砂のお竜、いつだって自分の欲には忠実さね。でもね、今一番のお宝はこの人なんだよ。あばよ。

煙玉を投げるお竜。
煙が晴れたらクガイとお竜の姿は消えている。

ボノー　ち、逃がしたか。
シュザク　でも、クガイに傷を負わせたわ。
ボノー　ああ。手応えは充分。奴はかなりの深手を負ったはずだ。
シュザク　ひょっとしたらもうくたばっているかも。
ペドロ　攻めるなら今がチャンスです。
ボノー　ようし、こい、カルマ。兵を揃えて一気に攻め込むぜ。
シュザク　そうこなくっちゃ、ダーリン。
ペドロ　いきましょう。新しい仲間も加わったことですし。（と左門字を見る）
左門字　いや、俺は五右衛門を……。
ボノー　（左門字を指し）そんな奴かまうな。時間が惜しい。いくぜ。

駆け去るボノー。続くシュザク、アビラ。

カルマ　……。

複雑な表情のカルマだが彼らに続く。
逡巡する左門字にペドロが話しかける。

ペドロ　月生石は太閤殿下も欲しがっておられますよ。京都所司代盗賊目付、岩倉左門字さん。
左門字　お前は…。
ペドロ　イスパニアのペドロ・モッカ。でも私は商人。高く買い取ってくれるならばどの国でもかまいはしない。いや、日の本の黄金と交換ならば、むしろ願ったり。
左門字　なに。
ペドロ　ええ。ボノーとかカルマとか、こんな小さな島の連中に与えるくらいなら、太閤殿下が手に入れられるべきなのですよ。あれがあれば朝鮮だって一気に征圧できる。太閤殿の天下もますますご安泰になる。
左門字　ばかな、あれは塩だ。いくら貴重とは言っても、そこまでの力はない。
ペドロ　いいえ、月生石にはもっと秘密があるのです。（と、左門字に耳打ちする）

みるみる顔色が変わる左門字。

左門字　…そんな。…いや、そうか、そういうことか。
ペドロ　さすがに察しが早い。五右衛門もいいが、ここは月生石を持ち帰るのが、秀吉殿への忠義ではないですか。

左門字　…忠義？

ペドロ　そう。商人は金、侍は忠義。お互い、それが命を賭けるにふさわしいものでしょう。

と、「忠義って素晴らしい」の歌を歌うペドロ。

左門字　…わかった。

ペドロ　それでこそ、日の本の侍。まずはタタラ軍を倒さなければ。そのあとボノー達を出しぬく策を考えましょう。

二人もボノー達のあとに続く。

——暗転——

【第八景】

月生石採掘場。インガの部屋。
仮面を外しているインガ。
坑道の図面を見ている。
と、人の気配を感じ慌てて仮面をつける。

インガ　誰⁉

暗闇の中に浮かび上がるザン。

インガ　ザンか。どうしたの。
ザン　隊長、やっぱりヘンですよ、その仮面。
インガ　え。
ザン　全然似合ってないし。取った方がいいと思いますよ。
インガ　こっちにはこっちの事情があるの。私だって好きでつけてる訳じゃないのよ。なに、そんなこと言いにわざわざ来たわけ？　私の部屋に。こんな時間に。いい度胸じゃない。

持っていた刀をザンの喉元に突きつける。

インガ　残念ながらその手は食わないわよ。
ザン　な、なにを。
インガ　あんた、ザンじゃないでしょう。
ザン　え。
インガ　自分で正体見せるのと、喉元切られて死んでから変装暴かれるのとどっちがいい？

ザン、ニヤリと笑うと、後ろに下がる。
煙に包まれ晴れるとそこにいたザンは消えて、代わりに五右衛門が立っている。

五右衛門　さすがは地獄穴の隊長。鋭いねえ。
インガ　新入りか。どうやら、よっぽど命が惜しくないようね。
五右衛門　命は惜しいが、どうしても我慢が出来なくてね。
インガ　夜ばいにでも来た？
五右衛門　アー、それもいいけど、その前に欲しいのは、その仮面だよ。

言うが早いが、インガに襲いかかる五右衛門。インガも剣をふるうが、その剣をかいくぐり、仮面を奪う五右衛門。

インガの素顔が現れる。その顔を見てショックを受ける五右衛門。

五右衛門　…やっぱりお前か、白浪《しらなみ》。

インガ　…オウ、ワタシ、ニホンゴ、シャベレマセン。ナンノコトデスカ。（と怪しい言葉を使う）

五右衛門　いきなり怪しい外人になってんじゃねえ。さっきまでペラペラしゃべってたじゃねえか。

インガ　……。

五右衛門　なぜだ、クガイに斬られたはずのお前が、なんで生きていて、しかもこんなところでそんな面白い人になってるんだ。

インガ　面白くはない。別に面白いわけじゃない。

五右衛門　ごまかすな。お前は面白え。それに俺の変わり身の術を見抜ける女はこの世にそうはいねえよ。同じ、伊賀の忍びでもない限りはな。

インガ　…確かにね。あんたが、この地獄穴に来たときからバレる覚悟はしてたけどね。できればごまかし続けたかった。

五右衛門　それは無理だろ。無理がありすぎる。

インガ　……。

五右衛門　てっきりクガイにやられたと思ってたが、生き延びてたのか。

インガ　まあね。気がついたときは、傷の手当てを受けて織田軍の本陣にいたわ。

五右衛門　なんで。
インガ　なんででしょうね。なんで彼があたしを助けたのかもよくわからない。最初は、隙をついて首でもとってやろうかと思ったけど、いつの間にか、彼のために働くようになっていた。
五右衛門　惚れたか。
インガ　（無視して）でも、信長のやり方にはついていけなかったのね。伊賀の虐殺も本意じゃなかったみたい。結局彼は、武士を捨て、南蛮に渡って商人として生きようと決意したわ。家族とわずかな供を連れて船出した。私もその供の中にいたの。
五右衛門　惚れたな。
インガ　（さらに無視して）ところが嵐に遭い、この島に流れ着いた。月生石に呪われたこの島にね。この石よ。この狂った石のせいで、彼は非情な王の道を選び、私はこうやって地下で穴を掘っている。
五右衛門　惚れてるんだ。
インガ　（開き直る）ああ、惚れてるよ。惚れてますよ。忍ぶ恋よ。忍びってのは忍ぶって書いて忍びなのよ。惚れるの「惚」の字は、心偏に忍ぶと書くのよ。
五右衛門　それ、間違ってる。
インガ　恋という字は、赤い心と書いて恋。
五右衛門　それも違う。
インガ　笑うのならば笑うがいいさ。
五右衛門　別の意味で笑われるぞ。

インガ　何よ、さっきから。文句があるならはっきり言えば。
五右衛門　文句はない。
インガ　え。
五右衛門　むしろいい。それでいい。
インガ　え…。
五右衛門　どうせ生きてたんなら、生き甲斐持って生きてて欲しいじゃねえか。おめえが伊賀にいたときと同じように、そうやって意地張って我を通して生きてるんなら俺が言うことは何もねえよ。
インガ　あら、結構懐が深いじゃない。
五右衛門　あ、でも、だったらクガイの前で「お前に女を斬られた」って見得切った俺の立場はどうなるよ。あの野郎、わかってて、ここに俺を送り込みやがったな。くそう、とんだ大恥だぜ。
インガ　なに、ケツの穴の小さいこと言ってるの。
五右衛門　おうよ。俺の懐は海よりも深く、俺のケツの穴は蟻よりも小せえぜ。
インガ　それはいいの悪いの？
五右衛門　いいとか悪いとか、そんな小さなところで勝負はしてねえ。とにかくだ、お前の気持ちはわかったが、月生石に関しちゃ話は別だ。お宝はいただいてくぜ。
インガ　そう。
五右衛門　天下の大泥棒石川五右衛門ってのが、今の俺だ。

インガ　だったらあたしもタタラ国の女隊長インガ。あんたがクガイの邪魔をするなら、それを阻止するのがあたしの仕事よ。

五右衛門に刀を向けるインガ。

五右衛門　本気かよ。
インガ　ええ。
五右衛門　お互いせっかく助かった命だ。こんなところでやりあうのはいかがなもんかね。
インガ　だったらおとなしくこっちの言うことを聞きなさい。あんたはまだ、月生石の恐ろしさを知らない。
五右衛門　それは、この穴の仕掛けと関係があることかい。
インガ　…へえ、それに気がついた。さすがね。でも、だったら尚のこと邪魔はさせないわ。
五右衛門　おかしなもんだな、ただの塩の固まりに、古い馴染みが命を掛け合うか。
インガ　馬鹿ね。ただの塩だったら、こんな苦労はしないわよ。
五右衛門　…なんだと。

その時、ウオオオオッと言う声。同時に灸六と壱助が駆け込んでくる。

五右衛門　どうした⁉

壱助　親分すまねえ。
灸六　壱助の野郎、勝手に扉開けやがった。
壱助　親分が遅かったから心配になって。
灸六　そしたら、牢屋の中の連中、人の話なんか聞きゃしねえ。牢から飛び出て、暴れ回ってやがる。
インガ　ばか、あの牢を開けたのかい！

と、なだれ込んでくる囚人達。手にツルハシなど持ち口々に「月生石だ」「月生石をよこせ」などといいながら暴れている。

インガ　五右衛門、よく見な。これが月生石の怖さだよ！

インガ、囚人の中に斬り込む。
あっという間に全員を斬り殺すインガ。

五右衛門　なに？
五右衛門　…皆殺しかよ。
インガ　…暴れ出したら殺すしかないのよ。だからその前に牢屋に閉じこめてたのに…。とんだ子分を持ったものね。

壱助　す、すみません。

インガ　…月生石はただの塩じゃない。何度も使うと中毒になる。最初は元気になるけど、やがて人の心を蝕み、切れると今みたいに禁断症状で凶暴になる。

五右衛門　…アヘンみてえなものか。

インガ　もっとタチが悪いわ。一度中毒になるともう絶対に直らない。禁断症状を繰り返していくと、最後は心を失う。自分で考える力をなくして、ただ穏やかに、人の言うことを聞くだけの人間になってしまう。

灸六　穏やかなら別にいいんじゃない。

五右衛門　ああ、確かにな。自分達の思い通りに国を牛耳ろうとする奴には好都合だ。イスパニアやイングランドなんて南蛮の連中が目の色かえて欲しがる理由は、それだったのか。

インガ　そういうことね。月生石の誘惑から人々を守るためには、もっと強い力で縛るしかない。死の恐怖という力ずくで押さえつけないとね。それでも、人は我慢できなくなる。

壱助　塩になんでそんな力が…。

インガ　さあね。大昔、この島が大陸の一部で、その時に残された遺物かも。

五右衛門　…クガイの奴、とんでもねえ男だな。

インガ　え。

五右衛門　大体読めたよ、奴の狙いがな。お前が担いでいる片棒のその先っぽに何がぶら下がっているか。

インガ　へえ…。

その時、駆け込んでくるお竜。

お竜　インガ、インガってのはいるかい。
インガ　誰？
お竜　あんたがインガかい。話がある。クガイ王が撃たれたわ。
五右衛門　なに。
お竜　王からの伝言よ。「バラバ国が攻めてくる。時間がない、計画を進めろ」
インガ　なんだって。で、クガイ王は。
お竜　気を失ってる。だから私が。
五右衛門　あの男が、銃でやられたのか。
お竜　あら、五右衛門。なんでいるの。
五右衛門　なんでじゃねえよ。クガイに放り込まれたんだよ、ここで月生石を掘れってな。

が、お竜、五右衛門を無視している。

インガ　でも、あのクガイ王がそう簡単にやられるとは思えない。
お竜　イスパニア人の策にはまったの。なんとか助け出したけど、傷は重いわ。
インガ　あんたは。

お竜　あたしは真砂のお竜。クガイ王の愛人てとこかしら。

五右衛門　愛人⁉

五右衛門を無視して話を進める女二人。

インガ　愛人ねえ。

お竜　何、その目は。

インガ　見ず知らずの女の言葉を鵜呑みにするわけにはいかないからね。

お竜　クガイの本当の名は、鬼堂重政《きどうしげまさ》。そしてインガという女には右の肩から左の脇腹にかけて大きな刀傷がある。昔、馬鹿な若造をかばった傷らしい。

五右衛門　馬鹿とは何だ、馬鹿とは。

インガ　…わかったわ、どうやら本当にクガイの使いのようだね。愛人かどうかは別にして。

お竜　あら、同じ日本人同士、仲良くしましょうよ。王とは古ーい知り合いなんでしょ。私みたいに若くてピチピチした女には、だせない貫禄がありますわ。

インガ　その通り。若さだけでは出せない色気ってもんがあるのよ。

お竜　ああ、腐った色気ね。

インガ　腐ってるんじゃないわよ。これは発酵っていうの。人の役に立つものなの。かもしてんのよ。

さすがにきれる五右衛門。

五右衛門　いい加減にしろ、お前達！

その声に、我に返る二人。

五右衛門　いいのか、そんな話してて。攻めてくるんだろう、バラバの軍が。傷が重いんだろう。クガイは。かもすとかかもさねえとかそんな話してる場合かよ。

インガとお竜、すまんすまんという表情。

五右衛門　クガイがどれほどの男かよ。そののぼせ上がったお前らに、本当の男がどんなもんか見せてやるよ。

インガ　ほんとの？

お竜　おとこ？

五右衛門　ああ、そうだ。タタラもバラバもイスパニアも日本も、欲の皮が突っ張った連中全部まとめてこの五右衛門様が出しぬいてやるぜ。

インガ　何する気？

五右衛門　膨れあがった悪党の欲のその上前をはねるのが、本当の盗っ人の仕事だよ。そういう意味じゃクガイも立派な大盗っ人だ。そういうことだろ。

インガ　あ…。

五右衛門　図星だな。――――炎六、壱助。

炎六・壱助　へい。

五右衛門　おめえらはそこの隊長の言うとおり掘り続けろ。今回の仕事がうまく行くかどうかは、お前らにかかってる。

炎六・壱助　わかりやした、親分。

インガ　西の坑道から地下へ。

炎六・壱助　へい。

駆け去る二人。

インガ　五右衛門。

五右衛門　てめえには借りがあるからな。まかせとけ。お竜、石川五右衛門の仕事っぷり、よく見とけよ。

と、走り去る五右衛門。
その背中を見送るお竜。

お竜　…やれやれ、やっと本気になったようだね。手間がかかるったらありゃしない。
インガ　長いのかい、あの男とは。
お竜　え。
インガ　随分、扱い方を心得てるようだからね。
お竜　おや、昔の男にまで口を出すおつもり？
インガ　そんなんじゃないよ。ただ、よかったと思ってね。
お竜　よかった？
インガ　あの男はあの男なりに筋を通して生きてるみたいだから。
お竜　そんな、まとめるような台詞吐くと、長生きできないわよ。白浪さん。
インガ　誰のこと？
お竜　可愛くない女だねえ。
インガ　女に可愛いって思われるほど、落ちぶれたくはないもんさ。
お竜　なるほどね。それは同感だわ。

音楽。
インガとお竜、襲い来る苦難を覆す五右衛門の働きに期待する歌を歌う。

――暗転――

【第九景】

タタラの宮殿。
攻め入るバラバ兵。先頭に立つボノー。受けて立つガナル。
戦争の歌を歌うタタラ軍のロックとバラバ軍のアビラ、シュザク。

ボノー　どけどけ、雑魚はすっこんでろ！
タタラ軍を蹴散らすボノー。
タタラ兵1　くそう、ひけひけ!!
いったん退却するロック達タタラ軍。
シュザク　ダーリン、すごい、強いー。
ボノー　おうよ。俺は勝てる戦には猛烈に強いのだ。

シュザク　その小ささが素敵。
アビラ　カルマ王子やペドロ達は裏から攻め込んでます。一気にタタラ軍を潰滅させちゃいましょう！
ボノー　おう。いくぜ、シュザク。
シュザク　はいな、ダーリン。
アビラ　進め、勝利は目の前だ!!

と、いい気分で歌い上げるアビラ。と、穴にはまって落ちる。

アビラ　うわー。
ボノー　大丈夫か。

いったん穴に消えたアビラを引き上げるボノー。

アビラ　うわー、死ぬかと思った。
ボノー　落とし穴とはタタラの連中も汚い手を使うぜ。
シュザク　調子に乗って歌い上げるからでしょ。ここは戦場、気をつけていきましょう。
アビラ　へーい。

駆け去るボノーとシュザク。そしてアビラ。

×　　×　　×

裏門。

攻め入るズゴン。一緒に戦っているカルマと左門字、そして同行するペドロ。

戦いの歌を歌うカルマとペドロ。

そこに現れるガモー、ガナルとタタラ兵。

ガモー　カルマ王子。まだ、あきらめきれないか。

カルマ　ここまで来たんだ。やめられるものか。

ズゴン　クガイは死んだ。お前達に勝ち目はない。

ガモー　そういう流言飛語に惑わされる私ではない。

と、現れるボノー、シュザク、アビラ。

ボノー　嘘じゃねえよ。奴は俺の銃で仕留めた。

動揺するタタラ兵。

ガモー　うろたえるな、それでも誇り高きタタラの兵か。（ボノーに）ふん。銃頼みとはな。武人

ボノー　の風上にもおけないぞ、ボノー。
　やかましい、勝ちゃあいいんだよ。てめえらもとっとと地獄に送ってやらあ。かかれ、お前達。

と、ガナル、いきなりガモーに刃を向ける。

ガモー　ガナル、貴様。
ガナル　クガイがいなくなればタタラ国に勝ち目はない。ボノー将軍、ご助勢いたします。
ボノー　いいんじゃない。

再び戦闘。
だが、ガナルの寝返りもあり、タタラ軍の志気は低い。
左門字は迷いながら戦っている。それに気づくアビラ。

アビラ　おや、左門字さんまで戦にお加わりですか。
左門字　だからどうした。
アビラ　いえいえ、せいぜい頑張って。
左門字　わかっている。（再び剣をふるう）

ボノーに押されるガモー。

ボノー　どうしたどうした、ガモー。てんで張り合いがねえぜ。
ガモー　おのれ。
ガナル　ボノー様、ガモー将軍の首は私が。
ボノー　おう、いいだろう。部下にも手柄を立てさせるのが上の器量だ。
シュザク　ダーリン、素敵。
ボノー　おう。

ガナルがガモーに襲いかかろうとした時、戦場に現れるクガイ。

クガイ　何をやっている、お前達。
ガモー　クガイ様！

タタラ兵達も口々にクガイの名を呼ぶ。

クガイ　それでも誇り高きタタラの兵か。一気に蹴散らせ！
ガモー　は!!

クガイの檄がタタラ兵を奮い立たせる。

ガモー　裏切り者が!!

ガモー、ガナルを斬り倒す。

ガナル　うわ！

他の兵もバラバ兵を押し戻す。
クガイのほうに寄るガモー達。

ガモー　クガイ様。ご無事を信じておりましたぞ。
ボノー　おのれ、まだ生きていたのか。
クガイ　貴様の銃弾如きで倒れる俺ではない。
ペドロ　いやあ、さすがにしぶといなあ。では、ボノー将軍、最後の手を。
ボノー　おう。
カルマ　ボノー、今度こそ俺の手で。
ボノー　その必要はねえ！

カルマの剣を奪い、逆に彼に剣を突きつけるボノー。

左門字　おい！
カルマ　…何をする、ボノー。
ボノー　決まってらあ。人質だよ。
カルマ　え。
ボノー　おい、クガイ、可愛い息子の命が惜しかったら、おとなしく降伏しろ。
クガイ　……。
ズゴン　やれ。

タタラ兵を襲うバラバ兵。虚を突かれたタタラ兵達、ガモーを残しやられ消える。

ガモー　お前達！
カルマ　ばかな、何をやっている。放せ。俺を人質にしてもあの男が聞く筈なんかないだろう。
ペドロ　さて、それはどうでしょう。彼に息子は殺せませんよ。殺す気なら、あなたが斬りに行ったときに、腕のケガなんかじゃすまなかったはずです。
クガイ　……。
カルマ　ムダだ。奴は王座が欲しくて俺の母さんを殺した。あいつはそういう奴なんだ。
シュザク　んー、それもちょっと違うのよねえ。確かにあんたの母さんは、前の王と出来てたわ。で

カルマ　もね、それはあんたの母さんからいったの。前の王が月生石中毒にして、無理矢理従わせたのね。あたし、王のおつきだったからよく知ってるの。
シュザク　そんな。話が全然違うじゃないか。
カルマ　ごめんね、嘘ついてました。あんたを利用するためにね。
クガイ　なにー。
カルマ　カルマ。うろたえるな。お前の母親は立派な女性だった。
左門字　では、なぜ斬った。
カルマ　…自分から望んだんじゃないか。
左門字　え。
カルマ　我が身の不貞を恥じて、夫に斬ってもらう。武士の妻ならあり得ることだ。
カルマ　そんな…。
クガイ　俺が斬ったことには間違いない。罪はすべて俺が受ける。

カルマ、真実を悟る。

カルマ　(激しく抗う) だましたな、ボノー！　はなせ！　はなせ！
ボノー　騒ぐな騒ぐな、おぼっちゃん。最初からお前はこのために使うつもりだったんだ。
シュザク　お前は汚らわしい倭人の子供。タタラ国の王座に就かせる訳なんかないでしょう。
ボノー　さあ。観念しろ、クガイ。

ペドロ　おとなしく月生石鉱山を明け渡しなさい。顔色が悪い。無理して出てきたはいいけど、出血がひどいんじゃないですか。

クガイ　……。

何か言おうとしたとき、アビラが前に出てくる。

アビラ　あー、もー、じれったいデスねえ。アミーゴ、ここは私におまかせを。いい考えがあるデス。

ペドロ　え。

アビラ　失礼。（ボノーをどかすと、カルマを中央に連れて行く）

ボノー　それでどうする。

アビラ　（彼の刀を渡す）あとは、お前の好きにしな。

カルマ　え？

カルマも戸惑う。

驚くバラバの面々。

ボノー　なんのつもりだ、アビラ！

アビラ　アビラじゃねえよ。

白い煙に包まれると、そこに立っているのは五右衛門。

五右衛門　天下の大泥棒、石川五右衛門様だ。

一同　!!

アビラは五右衛門の変装だったのだ。
九景冒頭、落とし穴に落ちた時に入れ替わったのだ。

ボノー　どけ。泥棒風情が出る幕じゃねえ。

五右衛門　そうでもねえんだな。俺はおめえらみてえな欲に溺れた連中の上前はねるのが大好きでね。盗んでやるよ、てめえらのたまりにたまったさもしい欲を！

クガイ　何のつもりだ。

五右衛門　おめえも気に入らねえが、そこにいる連中の方がもっと気に入らねえ。それに、インガって女には借りがあるからな。

クガイ　なるほど。

剣を抜くと五右衛門と背中合わせになるクガイ。

クガイ　女のために動く男は、嫌いではない。
五右衛門　かっこつけるねえ、最後まで。
ボノー　ええい、怪我人に泥棒だ。まとめてやっつけてしまえ！

と、悪役のお決まりのような台詞をきっかけに襲いかかるバラバ兵。受けて立つ五右衛門、クガイ、そしてガモー達タタラ兵。状況の変化に戸惑っているカルマと左門字。
乱戦。五右衛門とクガイ、兵士達を蹴散らす。だが、クガイ、ケガのため本調子ではない。足下が乱れた隙を、ズゴンに襲われる。膝をつくクガイ。

ズゴン　クガイ、その首もらったあ!!
カルマ　あぶない！

が、カルマ、割って入る。クガイを救うためズゴンを斬るカルマ。
ズゴン、いったん下がる。

クガイ　…カルマ。
カルマ　…あなたを見殺しにはできない。あなたが俺を殺せなかったように。

カルマ、クガイに手をのばす。クガイその手を掴み立ち上がる。
その姿を見て感無量のガモー。

ガモー　クガイ王…、カルマ王子…、よかった。本当によかった。（涙をぬぐう）
シュザク　ちょっと、話が違うじゃない…。

こっそり逃げようとしているシュザク。その前に立つお竜。

お竜　ちょっとお待ち。
シュザク　え。
お竜　自分の男を見捨てて逃げるとは、同じ女として見過ごせないわね。

と、シュザクの行く手をふさぐ。

シュザク　く…。
お竜　ご無事ですか、クガイ王。
クガイ　お竜か。無事伝言は伝えてくれたようだな。
お竜　はい。おまけに、そこの面白い男まで連れて来ちゃいましたが。
五右衛門　面白いは余計だ。

クガイ　カルマ、ここはまかせるぞ。
カルマ　え。
クガイ　俺にはやらねばならんことがある。自由の王になるなら、この程度の敵、一人で蹴散らせ。
カルマ　はい！
クガイ　うむ。（よろけながら去ろうとする）
ガモー　クガイ王、私が。

ガモー、クガイを肩で支えて一緒に去る。

カルマ　ようし。

カルマ、気合いを入れて剣をかまえる。
と、その鼻先に銃撃。
別の場所から現れる本物のアビラ。泥だらけだが、その手に新式連発銃。修理したのだ。

アビラ　そこまでだ、五右衛門！　よくもよくも落とし穴に引きずり込んでくれたわね。その借り、倍にして返すわ。
五右衛門　ち。

五右衛門、動きが止まる。

と、アビラの近くにいた左門字、彼を殴る。

アビラ　ふぎゃ！

ペドロ　な、なにを。

左門字、銃を奪うと、お竜に投げる。

左門字　お竜、これを使え。

お竜　こりゃどうも。

ペドロ　いいんですか、左門字。太閤殿下がお嘆きですよ。

左門字　…かまわん。お前らのやり方はどうにも性にあわんのだ。忠義じゃない。岩倉左門字、情によって助太刀する。

刀をバラバ兵に向ける左門字。

ボノー　だから最初からそんな奴相手にするなって言ったんだ。数なら上だ、一気に押しつぶしちまえ！

と、またまたいかにも悪役が言いそうなボノーの台詞をきっかけに襲いかかるバラバ兵。剣をふるう五右衛門、カルマ、左門字。銃を撃つお竜。
それぞれの立ち回りがひとしきり終わったところで、四人並んでそれぞれ見得を切る。

カルマ　人の心の弱さにつけこみ、ペテンハッタリ嘘八百。正義と自由の名の下にお前らだけは許さない。我が名はカルマ。孤高の王子！

左門字　盗賊退治が本業なれど、情に動くも武士の意地。京都所司代盗賊目付、姓は岩倉、名は左門字！

お竜　胸に短筒小股に刃《やいば》。触ると落ちるよ、その首が。棘ある花は闇に咲く。女白浪、真砂のお竜。

五右衛門　さて、どん尻に控えしは、浜の真砂に天の星、悪に限りはねえけれど、その悪党の上を行く、腹もふてえが器量もでけえ、天下の盗っ人石川五右衛門。冥土の土産に、あ――。

四人　覚えておきな！

四人がトンと足を踏むと、周りにいたバラバ兵、苦しみ消え去る。すでにやられていたのだ。
残っているのは、ボノー、シュザク、ペドロ、アビラ。

ボノー・シュザク　ぬぬぬぬぬ。

ペドロ　（拍手する）いやあ、素晴らしい。日本の様式美、堪能しましたよ。しかし、日の本の方は、どうも破滅に美しさを感じるらしい。そこは理解しがたいですな。

そう言って発煙筒を焚く。

五右衛門　なんだ。
ペドロ　お返しに西洋文明の力をお見せしましょう。

と、四人に向かい砲撃が飛んでくる。

ボノー　砲撃か。
ペドロ　そう、モッカ＝リマーニャ商会特製の超長距離砲。イスパニア艦隊の攻撃ですよ。
アビラ　おお、我らが母国の。
ペドロ　ようやく到着したようですね。
アビラ　では、何人もの人間に声をかけ混乱させたのは。
ペドロ　そう。艦隊到着までの時間稼ぎ。内輪もめをやっててくれれば好都合。月生石のような稀代の宝を日本人やタタラ人のような野蛮人に渡すことはありません。
ボノー　なんだと。じゃあ、貴様、俺たちを利用してたのか。
ペドロ　ええ。今頃はあなたの船も海の藻屑と消えているはず。ヘタに抵抗されると厄介ですからね。

シュザク　そんな。
ペドロ　あ、軍備のお金はいただきますよ。慈善事業じゃないですから。
ボノー　貴様あ！

と、襲いかかろうとするがペドロの手に短筒。

ペドロ　当たると痛いですよ。
シュザク　あなた、やめて。
ペドロ　奥さんの方が懸命ですね。犬死には丸損ですよ。

どんどん砲撃が続く。

カルマ　これじゃ手が出せない。
左門字　どうする五右衛門。これだけ砲撃が続くとこっちも持たんぞ。
ペドロ　さあ、いかがですか。皆殺しに会いたくなければおとなしく降伏しなさい。

と、地響き。爆発が一層激しくなる。

お竜　五右衛門。

五右衛門　ようし、始まったな。（ペドロに）どうもありがとうよ、ペドロ。お前らの一斉砲撃のおかげでこっちの狙いも早くなった。

ペドロ　え。

お竜　この爆発は、地下からよ。地下の坑道に仕掛けた火薬がどんどん爆発してるの。

ボノー　地下だと!?

ペドロ　まさか…。

五右衛門　もともとクガイの狙いはこの島を沈めることだったんだよ。誰にも手が出せないように、月生石を海の底に消すためにな。

お竜　あれだけ掘ってた地獄穴は、月生石を掘り出すためじゃない。火薬を仕掛けるためだったってわけ。

五右衛門　時間稼ぎはてめえらだけじゃなかったてことだよ。

カルマ　父上はそんなことを考えて…。

左門字　沈んでしまうのか、この島が…。

ペドロ　アビラ、艦隊に連絡だ。至急、砲撃をやめさせろ。

五右衛門　急げ急げ、でももう遅いがな。

ペドロ　く！

短筒で五右衛門を狙うペドロ。

連発銃でペドロを狙うお竜。

ペドロ　…やめたやめた。火薬も弾もただじゃない。今更あなたを撃っても一文の得にもなりはしませんからね。（と、短筒を下げる。いったん去ろうとして思い直して振り向き）借金はきらいでね。この借りはいずれ、利子つけて返させてもらいますよ。

五右衛門　俺は盗っ人だ。わざわざ返す必要はねえ。欲しい金は自分の手でいただくよ。

アビラ　ふん。

歯噛みするペドロとアビラ、駆け去る。

再び地響き。だんだん島が沈んでゆく。

お竜　沈み始めたね…。

ボノー　殺せ、カルマ。お前をさんざん騙してきたんだ。憎い仇だろう。早くやれ。

カルマ　…さっさと去れ。

ボノー　なにい。

カルマ　島と一緒に沈みたいなら、勝手にしろ。それがいやなら船でも探してさっさと去れ。但し二度と顔を見せるな。今度あったら容赦はしない。（五右衛門に）父上が心配です。案内を。

お竜　こっちよ。

行こうとするカルマ、お竜、五右衛門。
左門字、思いついたように。

左門字　五右衛門、俺はちょっと行くところがある。次にあったら必ず捕まえるからな。覚悟しとけよ。

言うなり別方向に駆け去る左門字。

五右衛門　…なんだ、あいつ。

五右衛門も駆け去る。
残されるボノー。呆然としている。
と、シュザクが大きなたらいを引っ張ってくる。

シュザク　ほら、あなた手伝って。
ボノー　お前。
シュザク　島が沈んじゃうんでしょ。逃げないと。
ボノー　でも、これタライじゃねえか。
シュザク　二人ならこれで充分。

ボノー　え。

シュザク　ダーリンはちっちゃいんだから、またちっちゃいとこから出直せばいいのよ。でっかいワルはやり直しがきかないけど、ちっちゃいワルならコツコツやれるの。ね。

ボノー　あ、そうか。ようし、逃げるぞシュザク。

ボノーとシュザク、『ちっちゃいあなた』を歌う。ちっちゃいタライででっかい海に出る二人。

爆発、ひどくなる。

——暗転——

【第十景】

草原。
爆発はここでも起こっている。
沈み行く島だが、気にせずに歌っているホッタル族。
そこに駆け込んでくる左門字。

左門字 お前達、逃げろ。島が沈むんだ。船を探すから逃げるぞ。

かぶりをふるホッタル族。

ラウ ここは私達の島。月の石のある島。
ウレ 私達はここでしか生きられない。月生石がなければ生きられない。
ロコ だからここで生きここで死ぬ。
左門字 ばか、何を言ってるんだ。
ラウ この日が来るのは知っていた。クガイから聞いていた。

ウレ　ここにいるのを選んだのは私達。
ロコ　だからここで生きここで死ぬ。
左門字　…しかし。
ラウ　ありがとうサモンジ。
ウレ　でも大丈夫、サモンジもやがて死ぬ。
ロコ　人は生き人は死ぬ。
左門字　…お前達。

彼らの諦念を理解する左門字。
歌い出すホッタル族。

ホッタル族　暖かい日差し　流れる雲　人は生まれそして人は死ぬ
いいことがあって笑い　悲しいことがあって泣き　そして人は死ぬ
食って寝て抱いて抱かれて　そして死ぬ
真っ赤な血と真っ赤な肉と真っ白な骨　それが人生

左門字、何も出来ずただ佇む。

×　×　×　×

地下の月生石採掘場。

手にした松明を穴に投げ込むクガイ。
爆発が起こる。クガイ、満足そうな顔。
それを眺めているインガ。
崩れ落ちる月生石。

クガイ　崩れ落ちていくな。人々の命を削り、夢を見せる魔性の石が。
インガ　なんでこんなものがある島に流れ着いてしまったんでしょうね。
クガイ　それも俺の運命だ。血塗られた手でなければやれないこともある。お前はその手を、血の塩で洗え。それが天の意志かもしれん。…ああ、聞こえるな。
インガ　え。
クガイ　彼らの歌声だ。

確かにホッタル族の歌声が聞こえてくる。
それは二人が聞いた幻聴か。

インガ　ほんとだ。
クガイ　真っ赤な血と真っ赤な肉と白い骨か。確かにそれが人生だ。

クガイ、椅子にすわり目をつぶる。

インガ　クガイ…。（話しかけようとして、彼の様子に気づき、途中でやめる）

そこに駆け込んでくるカルマ、お竜、五右衛門。

カルマ　父上。
インガ　しっ。今、眠ったところ。
カルマ　え。
インガ　ずっと眠ってなかったんだから、しばらく寝させてあげましょう。
カルマ　…そんな。
五右衛門　他の連中は。
インガ　用意していた船で逃げ出した。あんた達も急ぎなさい。子分が船で待ってるわよ。
お竜　惚れた男と一緒に海に沈もうなんてみっともないこと考えないでよ。
インガ　わかってるわよ。でも、もうちょっと寝顔を見ている。
五右衛門　（クガイに語りかける）イスパニアにイングランド、それに日の本の秀吉。そいつらの狂った野望を根こそぎ奪っていく。あんたは大した大泥棒だったよ。（カルマ達に）ほら、いくぜ。
カルマ　……。

クガイへの思いはあるが言葉にならず、深々と頭を下げると駆け出すカルマ。

それを待っている五右衛門とお竜、一緒に駆け去る。

クガイのそばでホッタル族の歌を口ずさむインガ。

崩れゆく月生石採掘場。

クガイとインガの姿は闇に消える。

× × × ×

そして海。

船が海原を走っている。

甲板で風を受けている五右衛門。その横にいるお竜とカルマとガモー。そしてザンにダルー。

遠眼鏡で様子を見ている灸六と壱助。

五右衛門　どうだ、イスパニアの艦隊は。
灸六　へい、とっくに引き離してますさあ。
壱助　影も形も見えません。
お竜　さすがはクガイが用意した船。いい船ね。で、どうするの、これから。
五右衛門　狭い日本じゃあらかた盗み尽くした。イスパニアやイングランド相手に海賊稼業でもやらかすか。
カルマ　それがいい、手伝うぞ、五右衛門。
五右衛門　なに。

カルマ　父上が喧嘩を売った相手だ。息子の俺が跡を継ぐのは当然だろう。
ガモー　さすがですぞ、カルマ王子。
五右衛門　って、なんでお前達までいるんだよ。
ガモー　私はカルマ王子のお目付です。
ザン　俺たちは、隊長があんたについてけば食いっぱぐれがないって。
ダルー　というわけでよろしくお願いします。

頭を下げるカルマ・ガモー・ザン・ダルー。

四人　うす！

苦笑いする五右衛門とお竜。

お竜　よかったじゃない、新しい五右衛門党ができて。
五右衛門　で、お前はどうする。さすがのお竜も今回はただ働きだったなあ。
お竜　誰がただ働きだって？

と、懐から革袋を出す。

お竜　あの島にはね、月生石だけじゃない。翡翠に青玉《せいぎょく》金剛石、貴重な宝玉も埋まってたのよ。

五右衛門　なんだと。

お竜　仕事があったらまた会いましょう。

と、背中につけていた翼を広げる。
簡易型ハンググライダーのようなもの。
ふわりと宙に浮き上がるお竜。

五右衛門　なんだ、そりゃ。

お竜　クガイ特製脱出用の凧よ。じゃあね。

と、中空に飛び上がるお竜。

五右衛門　馬鹿野郎、全部独り占めかよ。

上空から語りかけるお竜。

お竜　あ、五右衛門、もうひとつだけ。

五右衛門　なんだよ。

お竜　左門字が追いかけてきてるわよ。

と、五右衛門達の後方。小舟に帆をかけ必死で五右衛門達を追いかける左門字。

左門字　待て、五右衛門。貴様を捕まえるまで、俺は死なん。それが俺の天命だ！

五右衛門　…野郎ども、とっと逃げるぞ！

テーマ曲の「五右衛門ロック」が響き渡る。

こうして、石川五右衛門とその一党の七つの海を股にかけた冒険が、今始まるのであった。

〈五右衛門ロック　――終幕――〉

あとがき

また、時間が空いてしまった。

『朧の森に棲む鬼』が二〇〇七年の一月二月公演だったから、『五右衛門ロック』は一年半ぶりの舞台作品ということになる。

去年は、概ねアニメと映画の年だった。

まず『天元突破グレンラガン』。

四月から九月までテレビ東京系でオンエアされた『エヴァンゲリオン』で有名なガイナックスが久々に製作する、オリジナルロボットアニメーション。この作品の立ち上げからシリーズ構成とメイン脚本に携わった。おかげさまで評判も上々で、秋には劇場版の公開も決定している。

続いて『大江戸ロケット』。

二〇〇一年の夏に舞台にかけたこの作品を、監督・水島精二、脚本・會川昇という『鋼の錬金術師』コンビでアニメ化してくれた。こちらも四月から九月までのオンエア。（大阪は五月から一〇月という変則だったが）原作の提供だったが、一話だけアニメのシナリオも書いている。

そして『隠し砦の三悪人』。

まあ、言わずと知れた黒澤明監督の映画を樋口真嗣監督がリメイクする、そのシナリオを受け持った。去年の年頭には検討稿はあげていたのだが、やはり大作映画だけあって、そのあともいろいろ直しなどがあり、かなり時間を取られた。まあ、実際、大手配給の大作映画というのは大変だね。この仕事に関してはいろいろと思うことはあるので、そのうち時期が来たら改めて書こう。時期が来ないかも知れないが。

その他、念願の東映戦隊シリーズである『獣拳戦隊ゲキレンジャー』を一本書かせてもらったり、『グレンラガン』のノベライズをやったりしてるうちにあっという間に一年が経ってしまっていたのだ。

だから、今年の春に『五右衛門ロック』の取材を受けた時に、「久しぶりに演劇の国に帰ってきたなあ」と実感した。

『グレンラガン』も劇場版が決定するほどの好評だったこと、『隠し砦』も黒澤作品のリメイクということで注目度が高かったこともあり、アニメ誌や映画関係の取材はコンスタントに受けていたせいで、尚のこと、「あ、今日の取材は芝居関係だけど、これ、すごく久しぶりなんじゃないか」と思えたのだろう。

五月に『隠し砦』七月に『五右衛門ロック』九月に『劇場版グレンラガン』の公開と、映画、芝居、アニメと多種の作品がかたまっているためか取材もいろいろな雑誌から受けている。文芸誌の『すばる』と『週刊プレイボーイ』と『特撮ニュータイプ』に、ほぼ同時期にインタビューが載っている人間はあんまりいないだろうと、個人的にはかなり面白がっている。

さて、『五右衛門ロック』だ。

新感線の東京進出第一回の公演を行ったのは、新宿のシアタートップスだった。

みんな金がなく、上京するのにも深夜バスや青春十八キップなどを使い、宿泊ももちろんホテルなど借りられるはずもなく知人友人の家などを渡り歩き、それでも行き場のない男達は舞伎町の二四時間サウナに泊まっていたその頃から、「いつか、コマでやれたらおもしろいなあ。北島サブちゃんの看板の代わりに古田がでっかく出たらおもしろいなあ」と言っていた劇場だ。下のシアターアプルで公演している時は音が大きすぎて、上のコマで公演中のスタッフから文句が来たりもした。

そんな新宿コマ劇場で、夏公演一ヶ月をやるという。

プロデューサーの細川社長曰く東京大阪あわせて一〇万人動員を目指す公演だと。

最初の打合せでいのうえが言ったのは「石川五右衛門がやりたい。バンドを入れて、古田主演で、五右衛門でロックなんだ」という言葉だった。

一番最初に思ったのは「それ、田村信のマンガのタイトルだよ」ってことだった。三〇年ほど前に江口寿史や鴨川つばめに先駆けた知る人ぞ知るスラプスティックギャグ作家の代表作だ。

いのうえは知らなかったらしく「それでもかまわない」と言う。彼は彼なりに、言葉の響きを気に入っていたようで、自信があるらしい。

タイトルに関しては野生の勘を持つ男だ。彼が勝算があるというなら、僕がわざわざ異を唱えることもない。

コマという大きな劇場では、いま「いのうえ歌舞伎」が向かっている厚みのある人間ドラマというやり方よりも、むしろ派手で楽しい、いわゆるこれまでの新感線的なエンターテインメントの総決算的な作品がいいだろうと、生バンドを入れるスタイルでいくことになった。

一〇万人動員には生半可なキャストじゃダメだと僕もいのうえも思っていた。

ダメもとで、でも僕らとしては本気でお願いした北大路欣也さんから出演承諾のお返事をいただいた時に、「これでいける」と確信した。

その他、松雪泰子、江口洋介、森山未來、川平慈英、濱田マリと、蓋を開けてみれば実に贅沢な役者さん達の出演が決まっていた。

これを迎える新感線も、古田を筆頭にじゅん、聖子、粟根と劇団員総メンバーだ。

物語の構成と全員の見せ場のバランスをどうするかなど、考えなければならないことは多かったが、しかし、それは贅沢な悩みというものだろう。これだけ面白そうな役者さんにアテ書きできる立場なんて、そうそう巡ってくるものじゃない。

お客さんにもこの作品の熱は伝わったのだろう。チケットの売れ行きも好調で、東京などは、あっという間に完売したと聞く。

まもなく稽古が始まる。

夏の新宿。

ただ、お客さんが「面白かった」と言ってもらえるお芝居を。

そういうお芝居になればいい。それが新感線なのだから。

台本は書くが、作詞は別の方に頼んだ方がいいと言ったのは僕からだった。詞の才能というのは物語作りとは別だと思っている。僕らが書くとどうしても理屈っぽくなってしまう。多少理不尽でも、音楽に載せた時は妙に感覚的に納得出来る言葉というものがある。森雪之丞さんなら、今回の陽気でロックで歌謡曲でという路線にはうってつけだろう。僕の台本は、その作詞の一助になるようなイメージを書いている。

お芝居をご覧になった方は、僕のつたないイメージから森さんがどれだけ膨らませてくれたかを読み取っていただければありがたい。

芝居を見た方も、戯曲だけを読んだ方も、手に取って頂いてありがとう。

楽しんでいただけたら幸いです。

二〇〇八年五月

中島かずき

新感線☆RX「五右衛門ロック」

◎東京公演　新宿コマ劇場
２００８年７月６日（プレビュー公演）
７月８日～２８日（２５ステージ）
大阪公演　厚生年金会館大ホール
２００８年８月８日～２４日（２０ステージ）

〈CAST〉
古田新太　松雪泰子　森山未來　／　江口洋介
川平慈英　濱田マリ　／　橋本じゅん　高田聖子　粟根まこと
北大路欣也

右近健一　逆木圭一郎　河野まさと　村木よし子　インディ高橋　山本カナコ
礒野慎吾　吉田メタル　中谷さとみ　保坂エマ
冠　徹弥　村木　仁　川原正嗣　前田　悟
飯野めぐみ　嶌村緒里江　NAMI　角　裕子　福田えり　葛貫なおこ　早川久美子
鈴木奈苗　蝦名孝一　安田栄徳　青山航士　古川龍太　武田浩二　藤家剛　矢部敬三
工藤孝裕　根岸達也　加藤学

〈BAND〉
岡崎　司（guitars）　高井　寿（guitars）　福井ビン（bass）　岡部亘（drums）
松田信男（keyboards）　松崎雄一（keyboards）

〈STAFF〉

作　中島かずき

演出　いのうえひでのり

作詞　森雪之丞

美術　堀尾幸男

照明　原田保

衣裳　小峰リリー

音楽　岡崎司

振付　川崎悦子

音響　井上哲司

音効　末谷あずさ　大木裕介

殺陣指導　田尻茂一　川原正嗣　前田悟

アクション監督　川原正嗣

ヘア&メイク　宮内宏明

小道具　高橋岳蔵

特殊効果　南義明

大道具　俳優座劇場舞台美術部

音楽部　右近健一

歌唱指導　伊藤和美

演出助手　富田聡　山崎あきら

舞台監督　芳谷研

宣伝美術　河野真一
宣伝画　ツバキアンナ
宣伝写真　野波浩
宣伝ヘア&メイク　内田百合香
宣伝　ディップス・プラネット
票券&広報　脇本好美
制作協力　サンライズプロモーション東京（東京公演）
制作助手　辻未央　山岡まゆみ
制作補　小池映子

制作　柴原智子
エグゼクティブプロデューサー　細川展裕

企画製作　劇団☆新感線　ヴィレッヂ
協力　東京公演　サンライズプロモーション東京
後援　大阪公演　東海テレビ放送　OHK岡山放送　TSSテレビ新広島　FM802
主催　東京公演　ヴィレッヂ
大阪公演　関西テレビ放送　サンライズプロモーション大阪

〈配役〉

石川五右衛門　古田新太
真砂のお竜　松雪泰子
岩倉左門字　江口洋介

カルマ王子　森山未來
ペドロ・モッカ　川平慈英

ボノー将軍　橋本じゅん
シュザク夫人　濱田マリ
インガ　高田聖子
ガモー将軍　粟根まこと

クガイ　北大路欣也

タタラ国宮廷兵ロック　冠徹也
アビラ・リマーニャ　右近健一
前田玄以　逆木圭一郎
モグラの壱助　磯野慎吾
発破の灸六　村木仁
カルマの乳母バーヤ　村木よし子
タタラ国部隊長ガナル　前田悟
バラバ国兵隊長ズゴン　川原正嗣

タタラ国坑兵ザン　河野まさと
〃　ダルー　吉田メタル
バナナを食う子供　中谷さとみ

ラウ　村木よし子
ウレ　山本カナコ
ロコ　保坂エマ

中島かずき（なかしま・かずき）
1959年、福岡県生まれ。舞台の脚本を中心に活動。85年4月『炎のハイパーステップ』より座付作家として「劇団☆新感線」に参加。以来、『スサノオ』『髑髏城の七人』『阿修羅城の瞳』など、“いのうえ歌舞伎”と呼ばれる物語性を重視した脚本を多く生み出す。『アテルイ』で2002年朝日舞台芸術賞・秋元松代賞と第47回岸田國士戯曲賞を受賞。

K. Nakashima Selection Vol. 14
五右衛門ロック

2008年 7月10日　初版第 1 刷印刷
2008年 7月15日　初版第 1 刷発行

著者　中島かずき
発行者　森下紀夫
発行所　論創社
東京都千代田区神田神保町 2-23　北井ビル
電話 03（3264）5254　振替口座 00160-1-155266
印刷・製本　中央精版印刷
ISBN978-4-8460-0688-4　

K. Nakashima Selection

Vol. 6— アテルイ

平安初期，時の朝廷から怖れられていた蝦夷の族長・阿弖流為が，征夷大将軍・坂上田村麻呂との戦いに敗れ，北の民の護り神となるまでを，二人の奇妙な友情を軸に描く．第47回「岸田國士戯曲賞」受賞作．　本体1800円

Vol. 7— 七芒星

『白雪姫』の後日談の中華剣劇版!?　舞台は古の大陸．再び甦った“三界魔鏡”を鎮めるために，七人の最弱の勇者・七芒星と鏡姫・金令女が，魔鏡をあやつる鏡皇神羅に戦いを挑む．　本体1800円

Vol. 8— 花の紅天狗

大衆演劇界に伝わる幻の舞台『紅天狗』の上演権をめぐって命を懸ける人々の物語．不滅の長篇『ガラスの仮面』を彷彿とさせながら，奇人変人が入り乱れ，最後のステージの幕が開く．　本体1800円

Vol. 9— 阿修羅城の瞳〈2003年版〉

三年前の上演で人気を博した傑作時代活劇の改訂決定版．滅びか救いか，人と鬼との千年悲劇，再来！　美しき鬼の王・阿修羅と腕利きの鬼殺し・出門——悲しき因果に操られしまつろわぬ者どもの物語．　本体1800円

Vol. 10— 髑髏城の七人　アカドクロ／アオドクロ

本能寺の変から八年，天下統一をもくろむ髑髏党と，それを阻もうとする名もなき七人の戦いを描く伝奇活劇．「アカドクロ」（古田新太版）と「アオドクロ」（市川染五郎版）の二本を同時収録！　本体2000円

Vol. 11—SHIROH

劇団☆新感線初のロック・ミュージカル，その原作戯曲．題材は天草四郎率いるキリシタン一揆，島原の乱．二人のSHIROHと三万七千人の宗徒達が藩の弾圧に立ち向かい，全滅するまでの一大悲劇を描く．　本体1800円

Vol. 12—荒神

蓬莱の海辺に流れ着いた壺には，人智を超えた魔力を持つ，魔神のジンが閉じ込められていた！　壺を拾った兄妹は，壺の封印を解く代わりに，ジンに望みを叶えてもらおうとするが—．痛快アクション冒険譚!! 本体1600円

Vol. 13—朧の森に棲む鬼

突然現われた森の魔物《オボロ》の声が，その男の運命を変えた．ライは三人のオボロたちに導かれ，赤い舌が生み出す言葉とオボロにもらった剣によって，「俺が，俺に殺される時」まで王への道を突き進む!! 本体1800円